UNE
SATURNADE

Revue blanche en deux planètes.

Par MM. B. et de la B. — Musique de M. D.

Représentée au Cercle militaire de Verdun,
le 28 Mars 1895.

VERDUN

IMPRIMERIE DE CHARLES LAURENT, ÉDITEUR

12 et 14, Quai de la République

—

1895

UNE SATURNADE

Ce volume n'est tiré que sur papier de Hollande à 115 exem-
plaires numérotés à la main.

N° 35

EKiener

.UNE
SATURNADE .

Revue blanche en deux planètes.

Par MM. B. et de la B. — Musique de M. D.

Représentée au Cercle militaire de Verdun,
le 28 Mars 1895.

VERDUN

IMPRIMERIE DE CHARLES LAURENT, ÉDITEUR

12 et 14, Quai de la République

—

1895

PERSONNAGES

La Commère................	Mme Dorban.
Zodiacos.....................	MM. Balaÿ.
Azimuth.....................	de la Bernardie.
Un paysan..................... Un agent de police........... Le Cocher d'ambulance......	Codevelle.
Un employé des messageries Le Cocher de breack........	Adam.
L'Employé de l'octroi........ Le Cocher d'omnibus.........	Trieux.
Eridan..................... L'Allumeur de reverbères....	Watrin.
Le Grenadier.................. Le Paysan de Vavincour.....	Vallois.
Orion......................... L'Hôtel-de-Ville.............	Bertin.
La Basse..................... Le Bateau à vapeur...........	des Chaux.
Capricornos................. Le Ténor..................... Un pêcheur....................	Angeletti.
Le Reporter .... Un chasseur..................	des Marands.
Le Decauville.............. Un chasseur	Lambert.
Un chasseur.............. Un pêcheur .... Un sergent-de-ville.........	Prod'homme.
Le Frigorifique............. Un pêcheur.................	Viguié.
Sirius...................... Le Bazar..................... Un pêcheur.................	de Villedieu.
Un aigle...	Personnage muet.
Un téléphone....................	Personnage bavard.

Régisseur parlant au public : M. Kiener.

PROLOGUE

LA REVUE AU PUBLIC.

Sur les bancs où tu viens t'asseoir,
Ami public, ta complaisance
Va payer beau tribut, ce soir.
Nous comptons sur ton endurance ;
Et du succès, notre souçi,
Nous aurons seulement la preuve,
Si, résistant à cette épreuve,
Sans bâiller tu restes ici. —
Mes acteurs ont la lourde tâche
De venir te faire accepter
Un galimatias qui rabâche
Et pèche de plus d'un côté.
Ne va donc pas leur imputer
Ce qui, dans cette Saturnade,
Anodine et simple pochade,
Te semblerait par trop boîter. —
Ils ont d'autant plus de mérite
Les malheureux, que la bronchite
Se riant de leur bon vouloir,
A leur navrement, sous sa coupe
Les tient à peu près tous ce soir !

Mais c'est une gaillarde troupe
Qui de plus te sait indulgent ;
Elle ira donc, vaille que vaille,
Et si nous gagnons la bataille
Ce sera par son seul talent.
Par ma voix, elle te demande
De te montrer censeur clément
Pour mes auteurs de contrebande
En rupture de fourniment
Qui du moins auront cette chance,
A défaut d'autre qualité,
De rencontrer pour assistance
Celle devant laquelle on va me présenter.

UNE SATURNADE

PREMIÈRE PLANÈTE

SATURNE

Une salle de l'observatoire central de Saturne. Lunettes, télescopes et instruments bizarres. Nuit étoilée aperçue par les fenêtres.

SCÈNE PREMIÈRE

AZIMUTH, *assoupi sur une chaise.* LES SAVANTS, *dans la coulisse*
L'orchestre joue en sourdine la ritournelle d'une pomponnette.

CAPRICORNOS, *dans la coulisse.*

...... et ces découvertes, Messieurs, ne sont pas de celles que des esprits arriérés peuvent attaquer impunément! Elles ont pour principes des faits, des faits certains, inéluctables, fondements de la science tout entière, et l'équilibre sidéral, la pondération des mondes, les ont assises désormais sur une base rationnelle et inébranlable!

LES SAVANTS, *dans la coulisse.*
Air *connu.*

Il a fort bien parlé !
Buvons à sa santé !

Air *du Pré aux Clercs*

Débouchons le champagne
Messieurs le verre en main;
Que son flot accompagne
Notre bruyant refrain!
Amis buvons encor; buvons jusqu'à demain!

Neuf heures sonnent.

AZIMUTH, *s'étire et bâille.*

Aaah!... Aaah! Neuf heures. Sapristi! Je voudrais
bien dormir encore un peu! (*Il se lève et va voir l'heure*).
Neuf heures, c'est bien cela. (*Il bâille*). Aaah!..... Allons,
secouons-nous! (*L'horloge sonne neuf heures une seconde
fois. — S'adressant à l'horloge*). Oui, je sais, j'ai compris!
Neuf heures! oui! oui! Ah! que tu es rasante, ma pauvre
vieille! Je le sais bien que tu es à répétition, que tu ne
trompes jamais.

Chantonnant.

Combien de femmes en ce monde,
Ne pourraient pas en dire autant!

Mais ces messieurs doivent avoir fini. Ils ne vont pas
tarder à arriver. Pauvres gens! sont-ils malheureux! Ah!
la nuit sera duré! Leur nouveau collègue va-t-il leur
apporter quelques éclaircissements? C'est égal, il faut de
bien graves perturbations pour en apporter dans le cer-
veau de ces illustres professeurs. (*Soulevant sa calotte
grecque*). Messieurs les astronomes de la planète Saturne!!
Tous savants renforcés, tous illustres, tous...... im-
menses!

COUPLETS.

Air *de John Styx — Orphée aux Enfers.*

I

Si leur tête n'est pas jolie,
Si leur perruque est de travers,
Leur science est chose infinie,
Ils connaissent tout l'univers.

Et pourtant point ne les envie,
Ce que je voudrais seulement
C'est ainsi qu'eux passer ma vie
Et toucher même traitement.
Mais leur tête n'est pas jolie !

II

Quand leur tête serait jolie,
Ils n'en feraient ni plus ni moins ;
La science est leur seule amie,
Pour elle ils gardent tous leurs soins.
Et s'ils font souvent la folie
Jusqu'à l'aube de découcher,
N'accusez que l'astronomie,
Ils sont ici pour rechercher
Si la lune est laide ou jolie !

Azimuth range sur les tables. — Une porte bat

Allons, bon ! Encore une porte qui bat ! Quel temps !
(*A la cantonnade*). Mais sapristi ! fermez donc les vasistas
du rez-de-chaussée !.... Ces animaux-là nous feront geler.
Il fait un froid de chien ici ! Brrr !! ! (*Cherchant sur les
tables*). Mais où diable est l'ophtalmoscope ? Je l'avais
pourtant laissé là. Quelqu'un de ces messieurs s'en
serait-il servi ? Ah ! misère ! Quel désordre ! (*Cherchant*).
Non, il n'est pas là, pas d'ophtalmoscope. Et le concierge
qui me l'a demandé pour faire une expérience sur son
serin. A l'œil !..... Immense !

On entend dans la coulisse les savants qui chantent.

Ah ! ces messieurs ! Ils sont gais !

SCÈNE II

AZIMUTH, CAPRICORNOS, ORION, SIRIUS, ERIDAN.

LES SAVANTS, *en chœur*.

Air *du Marché. — Les Cloches de Corneville.*

Voyons, tout est-il en place,
Recommençons nos travaux.

Dépêchons-nous l'heure passe,
Cherchons des astres nouveaux.

AZIMUTH.

Quel entrain ! Quelle faconde !
Je crois qu'si la terre est ronde
Il n'y a pas qu'elle en vérité.
Elle a la toque sur l'oreille,
Air égrillard, trogne merveille,
    La docte faculté ! (bis)
R'gardez c'lui-ci, r'gardez c'lui-là.
    Comment trouvez-vous cela ?

CAPRICORNOS, empressé auprès d'Orion.

C'est vraiment une bonne inspiration que vous avez eue
là, mon cher Orion, de venir prendre part à nos travaux.

ORION, très aimable.

Comment donc ! Mais c'est moi qui suis trop flatté !..…..
le mauvais temps seul m'a empêché de venir plus tôt.
Mais quel excellent dîner ! On vous gâte ici et cela me
change de mon triste ordinaire.

ERIDAN, complètement sourd.

Merci, vous êtes bien aimable.

ORION.

Non, non, mon ordinaire..... à moi..... sur l'anneau..... très mauvais.

ERIDAN.

Bien, bien, compris. Comment cela ? On fait donc mal
les choses à l'observatoire de l'anneau ? (Il offre). Un peu
de cognac, cher collègue ?

ORION.

Merci ! Ils font de leur mieux, mais nous sommes si
loin de tout.

CAPRICORNOS, *offrant.*

Un députados?

SIRIUS.

Ils sont arrivés ! Ah ! enfin !

ORION.

A propos, je compte sur toi, mon vieux camarade de promotion Capricornos, pour me mettre un peu au courant du train-train. Détaché depuis un an à l'observatoire de l'anneau, j'aurai fort à faire pour me trouver à votre hauteur.

CAPRICORNOS.

Comment donc !

SIRIUS.

Eh bien, mon cher, ça ne va pas trop mal ici. Zodiacos est un chef de service agréable.

ORION, *interrogeant.*

Vieux jeu, hein ?

CAPRICORNOS.

Euh, euh ! il a du métier ; le gros défaut est qu'il se laisse trop facilement frapper. Ainsi nos dernières découvertes l'ont complètement affolé. Les lueurs intermittentes qui nous viennent de la terre, et dont nos observations ne nous ont pas encore permis de fixer catégoriquement la nature, l'ont mis littéralement hors de lui. Il ne sait à quel diable se vouer, demande à chacun son avis et ne sera certes pas fâché d'avoir le vôtre.

ORION.

C'est évidemment pour cela qu'il m'a fait venir.

SIRIUS.

Grave ! très grave ! et je ne sais quelles perturbations étranges présagent ces phénomènes.

ERIDAN, *interrompant.*

On l'emmène? où ça que diable? Pourquoi déjà l'emmener?

SIRIUS.

C'est vous qu'on devrait emmener, vieux raseur!

ERIDAN

A la bonne heure; je n'avais pas très bien compris.

CAPRICORNOS.

Est-ce un signal? Il est certain, absolument certain, que la terre est habitée; pour moi, çà ne fait pas un pli.

SIRIUS.

Pas un pli, pas un pli! si vous tablez sur des hypothèses de ce genre, où diable irons-nous? Habitée, la terre, et par qui mon Dieu? Par quels animaux fantastiques?

ORION.

Eh! mon cher...

SIRIUS.

Permettez; quels êtres sinon absolument fantasmagoriques, pourraient vivre dans l'atmosphère empestée que nous savons environner cette triste planète? Quel calorique pourrait lutter contre le froid terrible que nos derniers calculs nous ont permis de relever là-bas? Je ne serais pas même éloigné de croire, qu'avant peu ce malheureux globe ne finisse par perdre complètement son axe d'orientation.

AZIMUTH.

Mais aussi! une planète qui n'a même pas un pauvre petit anneau pour la caler!

ORION.

Mais alors quelle est la nature de ces lueurs? Voilà ce qu'il faudrait savoir.

CAPRICORNOS.

Or donc, à l'ouvrage ! (*Diminution d'intensité de la lumière, on entend sonner la demie*). — Tiens, encore un phénomène.

AZIMUTH.

Ne faites pas attention, Monsieur. (*Montrant la pendule*) : 9 h. 35, on change de turbine.

ORION.

Ah ! mais au fait je ne sais si mes caisses sont déjà déballées, l'omnibus de l'Hôtel Sidéral devait les transporter jusqu'ici. (*La lumière revient*).

CAPRICORNOS.

Azimuth, les bagages de Monsieur sont-ils arrivés ? Téléphonez-donc pour vous en assurer.

AZIMUTH.

Téléphoner ! Vous savez bien, Monsieur, que c'est impossible. En fait de cabinets téléphoniques, nous n'avons que les deux du rez-de-chaussée. Ils sont minuscules, sales, mal organisés et, malgré cela, toujours encombrés. On fait queue pour y entrer. — D'ailleurs, c'est inutile ; les bagages de Monsieur sont ici déjà et j'ai tout fait disposer dans le cabinet violet.

ORION.

Très bien, très bien, mon ami. — Tenez. (*Il lui donne une pièce*). Vous paierez le cocher ; gardez le reste.

AZIMUTH, *examinant la pièce*.

Pardon, Monsieur n'aurait pas une pièce italienne ?

ORION, *vexé*.

Non. non gardez. (*A part*). Encore une de casée.

Les savants se mettent à l'ouvrage.

CAPRICORNOS, *à Orion.*

Ici d'abord le registre des observations qui servent de point de départ aux résultats quotidiens. — 1re colonne : le pluviomètre. — Ah ! l'observation du jour n'y est justement pas. Azimuth, combien au pluviomètre ?

AZIMUTH, *consultant.*

27,3.

CAPRICORNOS.

Mazette ! Au niviomètre ?

ERIDAN.

Mais Azimuth, où diable est la lentille de ma lunette ?

AZIMUTH.

La voici, Monsieur. Je l'avais retirée pour la nettoyer.

ERIDAN.

Que diable voulez-vous que je fiche d'une lentille pareille ? C'est un plat à barbe.

AZIMUTH.

Mais, monsieur, nous n'en avons pas d'autres ; j'en ai commandé un stock, mais il n'arrive pas. Nous n'avons pas de fonds pour les payer.

CAPRICORNOS.

A quoi bon crier, vous savez bien qu'il ne vous entend pas. Eh bien ? Au niviomètre, voyons ?

AZIMUTH.

Voilà, monsieur : 17,32.

CAPRICORNOS.

24 pieds ! Cristi, il doit faire bon sur la terre ! Au thermomètre, combien ?

AZIMUTH.

Celui de la grande cour ? Je vais voir.

CAPRICORNOS.

En revenant, apportez-moi la préparation que j'ai commandée tout à l'heure, et veillez à ce qu'elle soit bien chaude.

Azimuth sort.

SCÈNE III

LES MÊMES *moins* AZIMUTH.

CAPRICORNOS, *confidentiel.*

Ici le gunamomètre.

ORION.

Le gunamomètre ? ?

CAPRICORNOS.

Un enregistreur merveilleux qui donne à tous les degrès de la température, et toutes choses égales d'ailleurs, l'âge, le sexe véritable, le tour de taille, la couleur de cheveux, le tempérament, la position sociale et le degré de vertu de toutes les femmes, qui de six à neuf heures passent devant l'observatoire.

ERIDAN, *interrompant.*

Vous dites, une élève du conservatoire ?

CAPRICORNOS, *haussant les épaules.*

Mais oui, mais oui.

ORION.

Mais c'est merveilleux cette invention là !

CAPRICORNOS.

Oui mon cher, petites observations qui ont bien leur importance même pour des savants. C'est très commode.

(*Consultant l'appareil*). Ainsi ce soir le blond cendré domine. — Moyenne d'âge..... moyenne d'âge..... Tiens, mal marqué.

ORION.

Il y a peut-être quelque chose de dérangé ?

CAPRICORNOS.

Voyons. — Ah ! voilà... parfaitement... l'appareil est détraqué. Voici un engrenage ébréché..... les dents ne marquent plus.

SIRIUS.

Allons bon, il me manque aussi un objectif. Azimuth ! Azimuth !

SCÈNE IV

LES MÊMES. — AZIMUTH.

AZIMUTH, *reparaissant un bol à la main.*

Voilà, monsieur.

CAPRICORNOS.

Bon ; posez ça là et dites moi.....

SIRIUS.

Eh bien ! mon objectif ? il manque à mon instrument.

AZIMUTH.

Permettez, Monsieur, on en casse tellement qu'il ne nous en reste plus qu'un. C'est celui dont se sert Monsieur Eridan. Il vous faudra attendre qu'il ait fini son observation.

SIRIUS.

Impossible de rien faire dans ces conditions là !

CAPRICORNOS.

Ce bain est froid, que diable ! c'est la centième fois que cela arrive !

AZIMUTH.

Mais monsieur, je n'y puis rien ; le laboratoire est à deux étages au-dessous, les ascenseurs sont encombrés, et je viens de monter en les arrosant quatre-vingt-dix marches par un froid de canard.

CAPRICORNOS.

Eh bien ! la température ?

AZIMUTH.

Impossible de rien voir, l'alcool du thermomètre est entièrement congelé.

CAPRICORNOS.

Congelé ? Eh bien ! il ne manquait plus que celà ! on ne peut même pas nous fournir des alcools d'un titre suffisant !

SIRIUS.

Vous n'avez même pas essuyé ces lentilles. Voyez ! de la graisse sur les lentilles ?

AZIMUTH.

Ne vous en plaignez donc pas, Monsieur, pour une fois que celà arrive !

ERIDAN.

Et la boussole, la grande boussole ? Où diable est-elle ?

AZIMUTH, *affolé*.

C'est moi qui la perds la boussole, et complètemen à ce métier là... et Dieu sait pourtant que je me mets en quatre.

COUPLETS.

Air *du Conseil Municipal.* — *Cliquette.*

I

Je voudrais bien vous satisfaire
Soyez-en convaincus, Messieurs.
C'est mon ambition la plus chère
Et ma foi, je fais de mon mieux.
Hélas ! Je ne suis pas le maître.
Pour assurer votre bien être,
Il me manque l'essentiel ;
Pour que tout aille à votre guise,
Selon vos vœux, il faut qu'on organise
Un' commission du matériel.

II

Tout deviendra brillant, prospère,
Sous sa sage administration ;
Et moi, je gagnerai, j'espère,
Mon taf à la combinaison.
Quand vous la trouverez mauvaise,
Je pourrai, tranquille, à mon aise,
Vous voir distiller votre fiel
Et la fureur qui vous anime,
Sans me gêner, sur le dos anonyme
D'la commission du matériel.

SIRIUS.

Du moins le grand télescope est-il en état ?

AZIMUTH.

Certes, monsieur !

CAPRICORNOS.

Encore un cigare ?..... Venez-vous Orion ?

Coup de timbre dans la coulisse. — *Tous tressaillent sauf Eridan qui n'a rien entendu.*

AZIMUTH.

Ah ! le coup de sonnette du patron.

ORION.

Tu me présenteras, Capricornos ; je compte sur toi.

Bruit de pas dans la coulisse.

LES SAVANTS, *en chœur.*

Air d'*Orphée aux Enfers.*

Il s'approche, il s'avance,
Le voilà, c'est bien lui.
C'est son pas, c'est sa cadence ;
Je les reconnais d'ici.

Entrée de Zodiacos.

SCÈNE V

LES MÊMES. — ZODIACOS,

ZODIACOS.

Musique de M. Durand.

RÉCITATIF.

Salut ! nobles savants, vieux piliers de science,
Disciples convaincus de mes doctes leçons.
Je reviens présider dans l'ombre et le silence
De la nuit qui commence
Le cours encor peu clair de vos observations.

COUPLETS.

I

N'oubliez pas que l'ignorance
Est le fonds de notre métier.
Un profond mais malin silence
Répond déjà plus qu'à moitié.
Et quand un fâcheux me consulte,
Toujours trop indiscrètement,
Sur quelque phénomène occulte,
Je réponds en me renfermant :
Chut ! Chut ! laissez-moi faire
Je ne puis encor sur ce point
Vous répondre à brûle pourpoint,
Mais chut ! je délibère !

2

II

Et grâce à ce moyen facile
Plus difficile qu'on ne croit,
Je sus en candidat habile
Conquérir mon brillant emploi.
Chacun s'est dit : voilà notre homme,
Avant de pondre il réfléchit ;
Il a toujours raison ; en somme
Il ne s'est jamais contredit.
        Chut ! Chut ! laissons le faire,
Jamais personne ne saurait
Comme lui garder un secret.
        Chut ! Chut ! il délibère !

CAPRICORNOS.

Cher maître, permettez-moi de vous présenter notre illustre collègue Orion. Arrivé ce soir de l'observatoire de l'anneau, il a tenu à venir sans retard vous offrir ses hommages.

ZODIACOS.

Enchanté, mon cher collègue ; j'ai d'ailleurs souvent entendu prononcer votre nom ; il est attaché à de glorieuses découvertes qui le porteront certainement à la postérité.

ORION.

Oh! cher maître, vous me comblez!

ZODIACOS.

Du tout, du tout ; je sais reconnaître le mérite partout où il se trouve. Ainsi moi...... Mais enfin, vous le savez...... A propos, mon cher, ces Messieurs ont dû vous mettre au courant des étranges phénomènes que nous observons en ce moment; et je compte bien......
(*Il l'emmène au fond du théâtre*).

CAPRICORNOS, *continuant une conversation, un Jockey à la main*.

Ce n'est pas surprenant d'ailleurs, le Sagittaire avait déjà fait ses preuves.

SIRIUS.

Euh ! Euh ! d'accord, mais il faudra compter avec la Tortue, et si Béatrix consent à faire un parcours régulier sur son orbite, nous aurons une belle saison de printemps.

ZODIACOS, *revenant.*

Eh bien, Messieurs, y sommes-nous ?

CAPRICORNOS et SIRIUS *ensemble.*

Quand vous voudrez. — Parfaitement, cher maître.

ZODIACOS.

Alors au grand télescope ! Je vous rejoins.

LES SAVANTS, *en chœur.*
.Air *du Marché.* — *Les Cloches de Corneville.*

Voyons, tout est-il en place,
Recommençons nos travaux.
Dépêchons-nous, l'heure passe ;
Cherchons des astres nouveaux.

Ils sortent.

SCÈNE VI

ZODIACOS, AZIMUTH, ERIDAN.
Eridan continue à chanter sans s'apercevoir de la sortie de ses collègues.

AZIMUTH, *lui frappant sur l'épaule.*

Eh bien, Monsieur Eridan, ils sont partis ! Il faut aller les rejoindre, nous ne sommes pas là pour badiner.

ERIDAN, *sursautant.*

Dîner !..... Merci, je ne prendrai plus rien.

AZIMUTH, *criant.*

Mais non, ces messieurs sont au grand télescope.

ERIDAN.

Café Procope ? Je [prends mon chapeau et je vais les rejoindre.

AZIMUTH, *hurlant.*

Non, au grand télescope !

ERIDAN.

Bien, bien; inutile de crier ; j'ai compris, j'y vais.

Il sort.

SCÈNE VIII

ZODIACOS, AZIMUTH.

ZODIACOS, *à son bureau.*

Voyons, Azimuth, pendant que j'ai quelques instants à
moi, apportez-moi les pièces à signer. (*Feuilletant*). Pas
d'absences... Lazaret : six cobayes en traitement : désar-
ticulation de l'oreille gauche ; perforation intempestive
de la narine droite ; trépidation et mouvement insurrec-
tionnel de l'œil moyen..... Voyons les demandes :
Néant..... Bon. Ah ! le masque Bruneau est-il arrivé ?

AZIMUTH.

Oui, Monsieur.

ZODIACOS.

Fonctionne-t-il bien ?

AZIMUTH.

Oh ! immense !... Je m'en suis servi hier pour abattre
deux lapins ; ils n'ont pas bronché.

ZODIACOS.

Monsieur Papyrus est-il de retour ?

AZIMUTH.

Il a demandé 24 heures de prolongation. Son père tire
au sort aujourd'hui.

ZODIACOS.

Voilà bien les inconvénients du système actuel. Je ferai un rapport là-dessus. (*Il signe*). Un rapport.... J'ai bien d'autres chats à fouetter pour l'instant. Ces signaux, ces damnés signaux !... Rien de neuf, Azimuth ?

AZIMUTH.

Rien, Monsieur, depuis hier, mais avec la belle nuit qui s'annonce, nous aurons peut-être une solution.

Brouhaha dans la coulisse. On entend les voix des savants qui se disputent : ils entrent en s'interpellant violemment.

SCÈNE VIII

ZODIACOS, AZIMUTH, CAPRICORNOS, ORION, SIRIUS, ERIDAN.

ZODIACOS.

Allons, Messieurs, qu'y a-t-il ? Du calme, de grâce.

Capricornos va parler. Eridan lui coupe la parole.

ERIDAN.

Ah ! si vous saviez !

ZODIACOS.

Non, non, pas vous !

SIRIUS.

Permettez, c'est moi qui l'ai vu le premier.

CAPRICORNOS.

Le premier ! il y a huit jours que ça dure !

ZODIACOS.

Voyons qu'avez-vous vu ?..... Monsieur Orion, parlez.

ERIDAN, *gesticulant.*

Merveilleux ! Merveilleux !

ZODIACOS.

Taisez-vous !

ERIDAN.

Quoi ?

ZODIACOS.

Taisez-vous ; laisser parler votre collègue.

ORION.

Cher maître, je viens de constater par moi-même les curieux phénomènes dont on m'avait parlé. Il n'y a pas à s'y tromper et ces messieurs sont de mon avis ; c'est évidemment un signal. Les lueurs sont ce soir d'une intensité remarquable, intermittentes et de couleurs variées.

AZIMUTH.

Ce doit être des fontaines lumineuses.

CAPRICORNOS.

Il semble que pour leur donner plus d'éclat on les fasse se réfléchir sur un vaste miroir.

SIRIUS.

J'ai crû même y découvrir de petites taches mobiles, s'agitant à la façon des baciles virgules dans un bouillon de culture.

ORION.

Il faut à tout prix en avoir le cœur net.

TOUS.

A tout prix !....., A tout prix !.....

ZODIACOS, *illuminé.*

J'ai trouvé ! J'ai trouvé !

Air de *La Conjuration. — Les Huguenots.*

De troubles incessants, d'une inquiétude ardue,
Voulez-vous, comme moi, délivrer nos esprits ?

LES SAVANTS, *en chœur.*

Nous sommes prêts !
Nous le voulons !

ZODIACOS.

Et de cette lueur dans le ciel apparue
Voulez-vous, comme moi, voir le secret surpris ?

LES SAVANTS, *en chœur.*

Nous sommes prêts !
Nous le jurons !

ZODIACOS.

De la claire lueur suivant la blanche trace,
Il faut que l'un de nous, usant d'un truc subtil,
Adroitement, jusqu'au fond de l'espace
D'un vaste téléphone aille attacher le fil !

CAPRICORNOS.

Mais qui désignera ?....

ZODIACOS.

Le sort !

LES SAVANTS, *en chœur.*

Le sort !

CAPRICORNOS.

Celui qui s'en ira ?

ZODIACOS.

Le sort !

LES SAVANTS, *en chœur.*

Le sort !
C'est vrai ! C'était bien simple !.....

Air *de l'Enterrement de ma belle-mère.*

Mettons nos votes dans l'urne,
Trou la là !
Et le sort désignera,
Trou la là !

Qui de nous quitte Saturne,
Trou la là !
Et qui de nous restera !

ORION.

C'est très joli d'aller jusque là-bas, mais par quel moyen !

ZODIACOS.

Comment ? Rien de plus simple ! Vous ne connaissez donc pas la célèbre et dernière invention de notre grand compatriote Picratos, l'inventeur des bombes glacées, infectieuses et empestées ?

SIRIUS.

La bicyclette volante et dirigeable, dont on n'a pas encore du reste bien établi le record.

ORION.

Du tout, connais pas.

ZODIACOS.

Vous ne connaissez rien ! La plus belle invention du siècle ? Grâce à elle, nous pourrons mettre notre projet à exécution et aller fixer sur la terre le fil du téléphone qui la reliera à notre planète.

LES SAVANTS.

Au vote ! au vote !

ZODIACOS.

Puisque pour une fois, messieurs, vous êtes tous d'un avis que je n'hésiterai pas à qualifier de similaire, chacun de nous voudra bien écrire sur un simple papier le nom de celui de ses collègues que des droits plus anciens, une plus grande expérience, des titres et une situation plus en vue semblent désigner pour une mission aussi délicate. (A part). S'ils ne comprennent pas que c'est moi, je ne sais pas ce qu'il faut leur dire. — (*Haut*). Azimuth recueillera les voix. Aux urnes, messieurs, aux urnes !

AZIMUTH.

C'est tout de même malheureux de n'être ni électeur, ni éligible ; j'aurais bien été faire un petit tour là-bas !

Tous les savants ont inscrit leur vote ; il les recueille dans son bonnet grec. !

ZODIACOS.

Nous allons procéder, messieurs, au dépouillement solennel. Présents à la séance, 6. — Nombre de votants, 5. — Majorité absolue, 3. — Azimuth, dépouillez.

AZIMUTH, *annonçant les noms.*

Zodiacos !

ZODIACOS, *se frottant les mains.*

Ça va bien ; ça va très bien ; déjà une.

AZIMUTH.

Orion !

ZODIACOS, *surpris.*

Tiens !

AZIMUTH.

Sirius !

ZODIACOS, *inquiet.*

Ah ! diable !

AZIMUTH.

Capricornos !

ZODIACOS, *furieux.*

C'est trop fort !

AZIMUTH, *lisant.*

Je ne lis pas très bien : O...u...or...ou...or..

ORION.

C'est moi, c'est moi !

AZIMUTH.

Non ; il y a simplement écrit : oui !

ZODIACOS.

Quelle est cette fumisterie ?

CAPRICORNOS.

C'est le sourd, parbleu, il n'en fait jamais d'autres !
(*A Eridan.*) C'est vous qui avez écrit ça ?

ERIDAN.

Mais oui, c'est moi, c'est absolument mon avis. J'ai dit :
oui, et je le dis encore.

ZODIACOS.

Imbécile ! C'est égal, c'est violent.

LES SAVANTS, *en chœur.*

Air *du grand Mogol.*

Il est vexé
La chose est claire ;
C'est une affaire
A r'commencer !

ZODIACOS.

Je vois bien, messieurs, que nous n'arriverons à rien
de la sorte. Le résultat du vote n'est évidemment pas
celui que chacun de nous attendait. — Qu'on m'apporte
cinq pailles ! Nous allons simplement nous en remettre au
sort aveugle et tirer à la courte paille. (*Azimuth fredonne :*
Le sort tomba sur le plus jeune.) Et vérifiez, messieurs,
qu'elles sont toutes les cinq d'inégale longueur. Azimuth
prenez-les. (*Bas à Azimuth*). Fais que j'aie la plus courte
et je t'emmène avec moi.

Tirage au sort.

SIRIUS, *bas à Azimuth.*

Il y a cent sous à manger entre nous deux ; donne moi
la plus courte.

TOUS, *leur paille à la main.*

La plus courte, la plus courte !

ZODIACOS.

C'est moi, messieurs ! et je crois que le sort impartial ne s'est point montré aveugle.

CAPRICORNOS, *à part.*

Il y a de l'Azimuth là-dessous.

SIRIUS, *à part.*

Damné préparateur ! Je ne lui ai pas offert assez !

ZODIACOS.

Le sort qui me marqua pour aussi noble tâche
A comblé tous mes vœux ! Je saurai ce que je cache
Cette ronde planète à notre œil scrutateur. —
A moi tous les périls d'un voyage enchanteur !
A moi l'ozone et l'air, les dangers que recèle
L'immense azur des cieux dont cet astre est parcelle !
A moi le grand espace ! A moi la sombre nuit !
A moi le globe d'or qui tout le jour reluit !
A moi, dernier venu des héros de l'histoire,
La couronne cueillie au laurier de la gloire ! —
Et vous qui m'attendez perdus dans le cosmos,
Mortels, je viens à vous, voilà Zodiacos !

TOUS.

Bravo ! Bravo, cher maître, bravo !

ZODIACOS.

Mais l'heure presse ; n'oubliez pas qu'avec la nuit disparait notre point de direction. Je pars, mais pas tout entier. Que l'un de vous reste constamment au téléphone et réponde à chacun de mes appels. Eridan sera exempté de ce service. — Adieu, messieurs. — Mais je ne puis m'embarquer seul pour une pareille expédition. Il me faut quelqu'un pour enregistrer les bagages, graisser les machines, veiller sur les instruments, etc. etc. Ces soins ne peuvent incomber qu'à Azimuth ; je l'emmène. (*A Azimuth*). Et je te paie ton voyage.

AZIMUTH.

Ah ! cher maître ! (*A part*). Cristi, quelle veine

ZODIACOS.

Ça te va ? Aimes-tu les voyages ?

AZIMUTH.

Ah ! oui, mais à ma façon !

COUPLETS.

Air *du Voyage — Les Petits Mousquetaires.*

Chacun selon sa fantaisie,
Peut voyager en liberté ;
Les uns cherchent la poësie,
Les autres la commodité.
　Moi plus que toute chose,
　En voyage il me faut
　Une auberge bien close,
　Avec un lit bien chaud.

ZODIACOS.

Ne te monte pas trop la tête
Sur notre bien-être à venir ;
Ne crois pas être à bicyclette
Comme dans un train de plaisir.
　Car en vain, je suppose,
　Nous chercherons là haut
　Une auberge bien close,
　Avec un lit bien chaud.

ZODIACOS.

Qu'on prépare les véhicules ! (*Il serre la main des savants*). Adieu, Messieurs !

AZIMUTH, *à la cantonnade.*

Qu'on selle immédiatement deux bicyclettes volantes

UNE VOIX, *dans la coulisse.*

Bicyclettes pour deux ! Boum !

ZODIACOS.

Chœur *final du 2ᵉ acte. — Orphée aux Enfers.*

Allons ! pour le départ sommes-nous bientôt prêts ?

AZIMUTH.

Monsieur, quand vous voudrez ! (*bis*)

LES SAVANTS.

Gloire au voyageur !
Gloire à ce savant intrépide
Qui va s'élancer dans le vide
Dont la nature a tant d'horreur !

TOUS.

Partons ! partez !

ZODIACOS et AZIMUTH.

Messieurs, recevez nos adieux

LES SAVANTS.

Maître vous emportez nos vœux !
Adieu ! Adieu !

ZODIACOS et AZIMUTH.

Prenons nos attributs !
Partons, n'hésitons plus !
Adieu ! Adieu !   (*Rideau*).

DEUXIÈME PLANÈTE

LA TERRE

L'extrémité du Pont-Chaussée. A droite, les glacis des fortifications. A gauche, l'octroi de la ville. Au fond, la Meuse, la Porte-Chaussée.

SCÈNE PREMIÈRE

L'EMPLOYÉ DE L'OCTROI *balayant devant sa porte.*
puis UN PAYSAN, UN EMPLOYÉ DES MESSAGERIES,
L'ALLUMEUR DE RÉVERBÈRES.

L'EMPLOYÉ DE L'OCTROI. *Il jette son balai.*

Ah ! non, j'en ai assez ! On n'a pas idée d'un temps pareil. Voilà deux heures que j'ai le balai à la main et c'est toujours aussi sale. Pas un métier, ça ! Si encore les balayeurs de la ville venaient de ce côté. Mais ils sont dans les quartiers riches, dans la rue Châtel, dans la rue des Gros-Degrès. (*Entre le paysan*). Rien à déclarer, vous ?

LE PAYSAN.

Non, point rien. Oh ! mais non ! J'ai que quéqu's œufs que je porte au mess militaire pour un monsieur lieutenant qu'en mange deux douzaines à chaque matin.

L'EMPLOYÉ DE L'OCTROI.

Mâtin! vous avez trouvé là une belle issue pour vos œufs! Passez. (*Il reprend son balai. Le Paysan sort.*) Eh! là-bas! Eh! là-bas!..... Ah! non, c'est un chien attaché à un poteau qui hurle de désespoir. Encore, quelque chien d'officier garçon. Pauvre martyr!

Entre l'Employé des Messageries portant une bourriche.

Ah! qu'est-ce qu'il y a là-dedans?

L'EMPLOYÉ DES MESSAGERIES.

Colis postal. Ça vient de Bretagne; une langouste.

L'EMPLOYÉ DE L'OCTROI

Une langouste! (*Regardant l'adresse*) Mâtin! On ne se prive plus de rien au mess militaire! C'est pour la table des officiers supérieurs ça! Les sous-lieutenants n'en tâteront pas lourd. (*Consultant son répertoire*). 17 fr. 50.

L'EMPLOYÉ DES MESSAGERIES.

Ah! non alors! j'aime mieux la remporter. Et puis, je m'en moque après tout, elle n'est pas pour moi. (*Il paie.*) Tenez. (*Il sort.*)

L'EMPLOYÉ DE L'OCTROI.

Si avec ces prix-là, la ville ne fait pas ses affaires!

Entre l'allumeur de reverbères.

Tiens bonjour, vous, ça va bien?

L'ALLUMEUR DE RÉVERBÈRES.

Merci, pas mal, un peu fatigué.

L'EMPLOYÉ DE L'OCTROI.

Pas finie, votre tournée?

L'ALLUMEUR DE RÉVERBÈRES.

A peu près, mais j'ai encore un bec qui brûle à Bévaux.

L'EMPLOYE DE L'OCTROI.

Mazette! C'est pas la porte à côté! Allons, bon courage.

L'ALLUMEUR DE RÉVERBÈRES.

Merci, mais vous me reverrez. Au revoir.

Il sort.

SCÈNE II

L'EMPLOYÉ DE L'OCTROI, *seul.*

En voilà un fichu métier! Pas étonnant si son père est mort cul-de-jatte. On s'userait les jambes à moins. Heureusement qu'avec celui-ci il y a encore de la marge. *(On entend dans le lointain Zodiacos et Azimuth qui chantent)*, Qu'est-ce que ça encore! Des pochards! Ça m'est égal. Le vin en cruches ne paie pas.

Il rentre dans la maison d'octroi.

SCÈNE III

ZODIACOS, AZIMUTH, *puis* L'EMPLOYÉ DE L'OCTROI.

Zodiacos et Azimuth descendent en scène en chantant. Valises, parapluies, lunettes et téléphone dont le fil les suit en traînant à terre.

ZODIACOS *et* AZIMUTH

DUO

Air de Sigurd.

Toi qui nous guidas vers la terre
Insondable et grave mystère,
Vers toi par ce sombre chemin
Nous marchons, lunette a la main!

Air de la Grande Duchesse.

Et nous allons avant ce soir
Interroger à gauche, à droite ;
Et nous finirons par savoir
Ce que tu caches dans ta boite !

3

ZODIACOS.

Et maintenant, à l'ouvrage ! Joli pays, n'est-ce pas, Azimuth ?

AZIMUTH.

Euh ! Euh ! un peu nu.

ZODIACOS, *pompeux.*

Et qu'importe au scalpel du savant la chevelure qui recouvre le crâne du sujet ? — Enfin nous y sommes et non sans peine. La communication existe toujours ? (*Sonnerie électrique. Parlant au téléphone*). Bien... Allo ! Allo ! Sommes bionne ; non, sommes bien. — Débarquons sur la terre. — Arrivés en bonne santé....... Hein ! vous dites ? Père de famille ? Qui ça ?... Eridan. Bon ! nous tâcherons de rapporter des dragées.

AZIMUTH, *qui tourne autour de la scène.*

Mais il me semble, monsieur, que nous serions bien ici pour installer notre poste téléphonique. — Nous ne pouvons pas traîner ça toute la journée. Je n'en puis plus moi !

Il s'assied sur sa valise.

ZODIACOS.

Oui, tu as raison. — Tiens, contre cette maison.

Azimuth cloue l'appareil contre l'octroi.

L'EMPLOYÉ DE L'OCTROI, *sortant.*

Rien à déclarer ?

ZODIACOS *et* AZIMUTH.

Qu'est-ce que c'est que ça ?

L'EMPLOYÉ DE L'OCTROI.

En voilà de vilains moineaux ! Qu'est-ce que vous fabriquez là ? Des clous dans ma maison ?

ZODIACOS.

Permettez, Monsieur, mais......

L'EMPLOYE DE L'OCTROI.

Des clous dans le mur de l'octroi ; ne vous gênez pas.

AZIMUTH.

Dame ! Il vaut encore mieux les avoir là que......

L'EMPLOYE DE L'OCTROI, *lui coupant la parole.*

Allons, filez, et plus vite que ça.

ZODIACOS.

Mais pardon ! vous pourriez, ce me semble, vous montrer plus amène et plus malléable à l'égard de visiteurs de notre importance.!

L'EMPLOYÉ DE L'OCTROI.

Malléable ! Malléable ! Il me traite de malléable ! Voulez-vous filer, bandits ! Anarchistes !

. ZODIACOS *et* **AZIMUTH,** *levant leurs parapluies.*

Ah ! mais dites-donc, vous ! !

L'EMPLOYÉ DE L'OCTROI.

Au voleur ! au loup !

Il rentre dans sa maison.

SCÈNE IV

LA COMMÈRE, ZODIACOS, AZIMUTH.

LA COMMÈRE.

Eh ! bien, que se passe-t-il ? Quel est ce tapage ?

ZODIACOS.

Ah ! quelqu'un ! (*Saluant*). Madame !

AZIMUTH.

Madame. (*A part*). Pristi ! Dans ce pays les femmes sont rudement mieux que les hommes !

LA COMMÈRE.

Que voulez-vous, Messieurs ?

ZODIACOS, *pompeux.*

Quél que soit votre nom, mortelle ou bien déesse,
Nous qui venons d'arriver en ces lieux,
Que nos pas ont conduit dans cette forteresse,
Nous voulons vous connaître mieux !
Etes-vous la divinité propice
Qu'en ce pays on adore à genoux ?
D'où venez-vous ?

VOIX *dans la salle.*

De la coulisse !

ZODIACOS, *reprenant sans faire attention à l'interruption.*

D'où venez-vous !
Dites-le nous !

LA COMMÈRE.

Qui je suis ? Je vais vous le dire.

AIR

Musique de M. Durand.

Je suis le génie et la souveraine
De cette cité.
Je vois, je sais tout, et rieuse reine
Aux hasards du jour gaiement je promène
Le sceptre enjôleur de ma royauté.
Voyageurs qui venez de franchir cette porte,
Vous trouverez chez nous accueil hospitalier ;
Ne vous effrayez pas si le vent vous apporte
L'écho de ma bruyante escorte,
Clameurs de combats, cliquetis d'acier.
Le peuple que j'abrite est un peuple guerrier ;
Rêvant des jours non loin de prochaines victoires,
Fils de héros, il a de qui tenir :
Et pour les feuillets d'or des futures histoires
Sur un passé d'anciennes gloires,
Il bâtit en son cœur un plus grand avenir !
Première au premier rang, place dont je suis fière,
Je n'ai devant moi qu'un but : mon devoir
A deux pas d'ici court notre frontière,
Rien qu'en te haussant tu pourrais la voir.

On m'a dit : « Veillez ! » C'est bien, je la garde
Le sabre au fourreau, la main sur la garde,
Dragonne au poignet pour mieux l'affermir ;
Et tant que sur mon front brillera ma cocarde,
En paix derrière moi le pays peut dormir !

AZIMUTH.

Pssch ! ! Eh ! bien, elle est crâne cette petite femme là !

ZODIACOS.

Dites donc, madame, vous m'avez l'air d'avoir des goûts joliment belliqueux ; vous voulez vous battre ? Faites pas ça !

LA COMMÈRE.

Rassurez-vous. Il n'est grâce au ciel, question de rien de semblable pour l'instant. Mais vous-mêmes, Messieurs, qui êtes-vous ?

ZODIACOS, *présentant.*

Zodiacos, doyen de l'observatoire ; Azimuth, mon fidèle secrétaire.

La Commère salue.

LA COMMÈRE.

Très flattée, messieurs !.. Et d'où venez-vous ?

ZODIACOS *et* AZIMUTH.

DUO

Air *de La Caravane.* — *Le Voyage de Suzette.*

Nous avons quitté notre planète ;
Nous venons vers vous à bicyclette,
Guidés dans notre marche nocturne
Par des feux aperçus de Saturne.

Regardant autour d'eux.

C'est vraiment un charmant paysage
Un peu sauvage ;
Mais enfin, c'est la fin du voyage.
Nous y voici,
Dieu merci !
N-i, ni,
C'est fini !
Nous arrivons de Saturne !

LA COMMÈRE.

Ah ! mes pauvres amis, c'est gentil de votre part d'être venus nous voir ; mais vous avez une fière guigne et vous vous êtes dérangés pour rien !

ZODIACOS.

Pour rien ?

LA COMMÈRE.

Pour rien. Les lueurs que vous avez aperçues n'étaient point des signaux. C'était simplement l'appareil électrique de notre patinage militaire qui projetait ses rayons jusqu'à votre planète.

ZODIACOS.

Ah ! diable, vexant ! Des rayons égarés alors ?

LA COMMÈRE.

Ils n'arrivaient pas jusqu'à la patinoire ; il fallait bien qu'ils allassent quelque part.

AZIMUTH.

Patinage ? Patinoire ? Qu'est-ce que c'est que ça ?

LA COMMÈRE.

Ce que c'est ? C'est.....

COUPLETS.

Musique de M. Durand.

I

Une distraction charmante,
Un agréable passe-temps,
Une impression énivrante,
Un plaisir de tous les instants.
Comme un oiseau hors de sa cage
On s'élance sous le ciel clair ;
Le vent vous fouette le visage,
On se sent plus léger que l'air !
Mais craignez la trompeuse amorce,
Le piège est tendu sous vos pas
Gare le bain ! gare l'entorse !
Glissez, mortels, n'appuyez pas !

II

Bien plus que l'homme gracieuse
La femme alerte, coquetant,
Décrit la courbe sinueuse,
Se rit de la chute ; et pourtant
La chute est dure sur la glace,
Dangereuse sur le gazon ;
C'est bien de tomber avec grâce,
Mieux vaut encor rester d'aplomb
Aussi, Messieurs, si dans la fête,
Une femme fait patatras,
Relevez-la, tournez la tête,
Glissez, mortels, n'appuyez pas !

III

Et vous, malgré votre assurance,
Mesdames, et votre talent,
Ne refusez pas l'assistance
D'un cavalier leste et galant.
A deux mieux que seule on patine,
On jase pour tromper l'ennui,
Et tout doucement l'on potine
Sur le dos complaisant d'autrui.
Et si dans votre course folle,
Un couple qui parle tout bas
Trop près de vous passe et vous frôle,
Glissez, mortels, n'appuyez pas !

AZIMUTH.

Immense ! Mais c'est égal, monsieur, allons donc voir
ça. Ce doit être rigolo !

LA COMMÈRE.

Arrêtez. Il y a, Dieu merci, longtemps que c'est fini,
que le dégel est arrivé et que la projection électrique est
éteinte.

ZODIACOS.

Ah ! voilà ! C'est donc pour ça que depuis huit jours
nous bafouillons dans notre itinéraire ?

LA COMMÈRE.]

La traversée a été dure ?

AZIMUTH.

Peuh ! Madame, celle de la Gascogne n'est rien à côté. Vous n'avez pas idée de la façon dont la Voie lactée est entretenue !

ZODIACOS.

Elle est pavée de petites étoiles pointues qui ont crevé deux fois nos pneus !

AZIMUTH.

Et pas plus sûre que ça ! Nous sommes tombés des pattes du Scorpion dans celles de la Grande-Ourse ! Brrr !

ZODIACOS.

C'est ta faute aussi, tu lis la carte comme un débutant. Tu nous as perdus cinq ou six fois !

AZIMUTH.

Ah ! monsieur, si je vous ai perdu, je n'en suis qu'à demi responsable ! Que faisiez-vous quand je vous ai retrouvé dans l'Etoile du Berger ? Ah ! ah !

ZODIACOS.

Je me promenais.

AZIMUTH.

Immense ! Vous vous promeniez ! Et avec qui ? Ah ! Ah !

ZODIACOS.

Ça ne te regarde pas, imbécile ; je me promenais..... avec mes pensées.

AZIMUTH.

Ne serait-ce pas plutôt avec la dame de vos pensées ? Ah ? ah !

LA COMMÈRE.

Ah ! ah! mon cher !

ZODIACOS.

Te tairas-tu ! (A part.) Il est insupportable ! (Sonnerie électrique). Tiens va voir ce qu'on nous veut.

Azimuth va au téléphone.

LA COMMÈRE.

Qu'est ce que c'est que ça ?

ZODIACOS.

Ça madame, c'est le téléphone qui nous relie à Saturne, et grâce à lui, nous pouvons à chaque instant rassurer nos amis sur notre sort.

LA COMMÈRE.

Et vous leur racontez tout ce que vous voyez ? (*A part*). Sapristi ! Faut que je me tienne bien alors !

ZODIACOS, *à Azimuth*.

Quoi de neuf ?

AZIMUTH.

Le peuple et l'ost, l'ost tout entier sont réunis devant l'observatoire. Ils demandent qu'on affiche des nouvelles.

ZODIACOS, *allant au téléphone*.

Attends, je vais leur répondre. (*Parlant au téléphone*). Avons explications trop longues à donner. Si votre planète savait ce que fait cette planète, votre planète serait mieux renseignée que tout autre planète. (*A la commère*). Ça, madame, c'est un proverbe. N'essayez pas de comprendre. C'est du vieux langage, mais c'est toujours beau. (*Parlant au téléphone*). Dispersez l'ost et affichez transparent annonçant notre prochain retour.

LA COMMÈRE.

Comment, mon cher, vous voulez déjà me quitter ?

ZODIACOS.

Hélas ! il le faut bien puisque notre mission est terminée.

LA COMMÈRE.

Jamais de la vie ! Il ne faut pas que vous ayez fait pour rien le voyage et je veux d'abord vous montrer les curiosités de ma ville.

ZODIACOS.

Alors si vous insistez ! (*A part*). Au fond je n'en suis
pas fâché. Elle est crânement bien cette petite femme-là.
Elle vous a un bouquet !

LA COMMÈRE.

Vous connaissez déjà la Porte-Chaussée.

AZIMUTH.

Chaussée ! Mâtin ! Son cordonnier doit faire de bonnes
affaires avec une gaillarde bâtie comme ça ! Du 148 3/4,
ou 147, ou 150. Enfin dans ces pointures là.

LA COMMÈRE.

Mais ceci n'est rien. Il faut que je vous montre encore
des forts, des souterrains, des arsenaux, des casernes.
Mais d'abord ce que j'ai de plus intéressant : ma girafe !

ZODIACOS.

Sa girafe !

AZIMUTH.

Elle nous monte le cou.

LA COMMÈRE.

Oui ma girafe ; celle qui a fait partie de l'arche de Noé
et qui est depuis ce temps conservée au musée de l'Hôtel-
de-Ville.

SCÈNE V

LA COMMÈRE, ZODIACOS, AZIMUTH, L'HOTEL-DE-VILLE.

L'HOTEL-DE-VILLE.

Qui demande l'Hôtel-de-Ville ? Voilà.

AZIMUTH.

Hon ! Comme ça sent le roussi. (*Allant vers la commère
et secouant sa robe.*) Madame, vous brûlez, c'est pas
possible ! Vous ne fumez pas pourtant.

LA COMMÈRE.

Eh ! bien, eh ! bien, voulez-vous vous taire. Vous voyez bien que c'est lui.

L'HOTEL-DE-VILLE.

Hélas ! oui, c'est moi ; c'est une bien lamentable histoire.

COUPLETS.

Air de *La Coupe du roi de Thuné.* — *Le Petit Faust*

I

C'est une triste aventure
Que la mienne assurément.
J'étais jadis un brillant
Monument d'architecture,
De toutes parts réputé
Le plus beau de la cité.

II

Chez moi, la maréchaussée
Aux pochards donnait abri,
Chez moi le jeune mari
Amenait sa fiancée.
J'étais le siège légal
Du conseil municipal.

III

Mais, hélas ! en moins d'une heure,
Un inconnu maladroit
A fait flamber jusqu'au toit
De mon antique demeure.
Ce qui prouve le danger
De se laisser enflammer.

LA COMMÈRE.

Allons, ne pleure pas, je te rebâtirai, je te le promets, et plus beau.

IV

Va quitte ton air morose,
Cesse de faire un tel nez.
Vous mesdames, retenez
La morale de la chose :
Il ne faut ni prou ni peu
S'amuser avec le feu.

ZODIACOS.

Et vous êtes resté tout l'hiver comme ça ? Il me fait de
la peine ce gars là... (*Lui donnant de l'argent*). Tenez,
mon ami, allez donc vous acheter un petit complet pas trop
cher. Vous trouverez ça ici. J'ai vu un magasin en passant ;
à l'Accident commercial, je crois.

L'HOTEL-DE-VILLE.

Merci, monsieur.

Il va vers Azimuth et lui tend la main.

AZIMUTH.

Pas de monnaie, mon ami. (*A part*). Oh ! immense !
ma pièce italienne !

Il la lui donne.

L'HOTEL-DE-VILLE.

Merci bien, mon prince. (*Azimuth se rengorge*). Désolé
de vous quitter, mais j'ai un petit rendez-vous avec mon
agent d'assurances. Je n'ai pu jusqu'ici obtenir de lui
qu'une horloge ! Je ne peux pas me contenter de ça.

Il sort.

SCÈNE VI

LA COMMÈRE, ZODIACOS, AZIMUTH, *puis* LE GRENADIER.

LA COMMÈRE.

Voilà où mènent les imprudences! Pauvre diable !

Entre le Grenadier.

AZIMUTH.

Oh ! Monsieur! Quel air vénérable !

ZODIACOS.

Cristi ! La belle tête de vieillard calme et pure !

LE GRENADIER.

Eh ! bien, avez-vous fini de me reluquer, tas de pékins?

AZIMUTH, *indigné.*

Comment pékin ! Lui c'est possible. C'est un professeur, et les professeurs ne font pas de service militaire. Mais moi, je fais mes treize jours comme les autres ; quatorze même les années bissextiles !

LE GRENADIER.

Treize jours ! C'est bien la peine d'en parler !

LA COMMÈRE.

Vous trouvez que ce n'est pas assez ? Mais qui êtes-vous donc ? Je ne vous ai jamais vu. Quel est l'uniforme que vous portez ?

LE GRENADIER.

Grenadier de la garde !

LA COMMÈRE.

Grenadier de la garde ? Il y a des gens qui ne seront pas fâchés de vous consulter, et moi la première. On a fort discuté ces temps derniers le texte d'une phrase héroïque prononcée à Waterloo. Quelle était-elle exactement ?

LE GRENADIER, *embarrassé.*

Pardon, excuse ;.. mais... il y a du sexe. Du reste, je n'étais pas à Waterloo.

ZODIACOS.

Un grenadier ! et vous n'étiez pas à Waterloo ?

LE GRENADIER.

Non ; je n'ai pris part à aucune campagne depuis 1812. J'ai été envoyé à ce moment là pour tenir garnison dans un fort et depuis lors, j'y suis resté.

LA COMMÈRE.

Comment ? Mais on ne renouvelle donc pas les troupes des forts tous les six mois ?

LE GRENADIER.

Possible, en principe. Mais, ça n'en a pas l'air.

LA COMMÈRE.

Et vous ne vous êtes pas plaint ?

LE GRENADIER.

Un bon militaire ne se plaint jamais. (*Saluant*). C'était la consigne !

ZODIACOS.

Azimuth ! présentons les armes !

Zodiacos et Azimuth présentent les armes avec leurs parapluies. L'orchestre joue : Aux Champs !

LE GRENADIER *allant vers Azimuth, en haussant les épaules.*

Il conviendrait que votre main gauche fut placée plus haut. Treize jours, va !

LA COMMÈRE.

Mais enfin, vous descendez ?

LE GRENADIER.

La première et la dernière fois. On m'a fendu l'oreille et je vais de ce pas à la Sous-Intendance faire liquider ma pension de retraite. On ne veut plus que des malingres dans les forts ! Bonsoir, Madame.

Il sort.

SCÈNE VII

LA COMMÈRE, ZODIACOS, AZIMUTH,
puis L'EMPLOYÉ DE L'OCTROI, *puis* LES DEUX BALAYEURS.

AZIMUTH.

Cristi ! A la bonne heure ! La voilà bien la vieille garde.

LA COMMÈRE.

C'est elle qui connaît le mieux son métier, mon cher.

Pendant les dernières phrases du grenadier, l'employé de l'octroi est

sorti de chez lui en surveillant du coin de l'œil Zodiacos et Azimuth.
Il fait signe dans la coulisse aux balayeurs qu'il a besoin d'eux.

AZIMUTH. *Il aperçoit l'employé de l'octroi et se précipite sur lui,*
le parapluie à la main.

Encore celui là ! Veux-tu te sauver !

L'employé de l'octroi se réfugie chez lui. Entrent les deux balayeurs.
L'un porte le costume de Mergy du Pré-aux-Clercs, l'autre celui de
Méphisto.

LA BASSE.

Pardon, excuse, la compagnie. Je vois que le gabelou nous fait signe ; nous allons donner un petit coup de balai ici.

ZODIACOS.

Tiens ! quels étranges costumes !

AZIMUTH.

Qu'est-ce qu'ils veulent faire avec ces grands pinceaux ?

LE TENOR, *fort accent gascon.*

Air de Mergy. — Le Pré-aux-Clercs.

Nous sommes balayeurs dans cette ville immense
Qui nous ravit notre bonheur ! !

ZODIACOS.

Tiens ! Il me semble que j'ai entendu cela quelque part.

LE TÉNOR.

Ça ne m'étonne pas ! C'est de mon répertoire.

ZODIACOS. !

Votre répertoire ! Qui êtes-vous donc ?

LE TÉNOR.

Mergy...... pardon, merci bien de vous intéresser à nous.

LE TÉNOR, LA BASSE.

DUO

Air *Nous revenons de Palestine.* — *Les Mousquetaires au Couvent.*

I

Nous avons tenu sur la scène
Tous les emplois les plus connus,
Représentant sans plus de peine
Amoureux et traitres barbus.
Mais le public qui n'est pas bête
Nous remercia sans égards,
Lassé d'entendre sur sa tête
Passer le vol de nos canards !

II

Nous avons porté la rapière
Maillot de page, feutre gris,
Manteau brodé du mousquetaire
Crosse d'abbé, croix de rubis
Aujourd'hui, triste destinée,
Lâchant le rôle d'aboyeur,
Nous portons la sombre livrée
Et le pinceau du balayeur.

ZODIACOS *et* AZIMUTH.

III

Ce nouveau métier, j'imagine,
Mes amis, vous réussira.
Fondez sur lui votre cuisine
Plus que sur vos airs d'opéra.
Mais ne plaignez pas votre peine,
Et ne ménagez pas vos soins ;
Ici, comme dit Lafontaine,
C'est le fonds qui manque le moins !

AZIMUTH.

Ça ne va donc pas le théâtre ?

LE TÉNOR.

Pendant longtemps ça n'a battu que d'une aile ; aujour-
d'hui ça ne bat plus du tout.

LA BASSE

Le directeur a fourré la clef sous la porte ; le froid l'a
tué. Et pourtant il avait mis la main sur une étoile de
première grandeur. Ah ! il peut lui brûler un fameux
cierge, car sans elle, il n'aurait point duré si longtemps.

LE TÉNOR.

Et charmante ! !

Ils se mettent à balayer.

ZODIACOS, *à la Commère.*

Serait-ce indiscret de vous demander de me présenter ?

LA COMMÈRE.

Tous mes regrets, mon cher, elle est précisément
absente ; elle donne ce soir une représentation dans un
théâtre de banlieue.

ZODIACOS.

Ah ! diable ! quelle guigne !

LA COMMÈRE.

Eh ! bien, dites donc, voilà qui n'est guère aimable pour
moi.

ZODIACOS.

Pardon, princesse, je la retrouve en vous !

LA COMMÈRE.

Ah ! ça, c'est plus gentil ! (*Aux balayeurs*). Dites-moi,
mes amis, vous ne pourriez pas faire ça un peu plus tard ;
vous me gênez pour le moment.

LES BALAYEURS.

A votre service ; nous reviendrons tout à l'heure.

Ils sortent.

4

SCÈNE VIII

LA COMMÈRE, ZODIACOS, AZIMUTH, *puis* LES CHASSEURS,
L'EMPLOYÉ DE L'OCTROI, *un* AGENT DE POLICE.

ZODIACOS.

Au moins, en voilà deux qui ont trouvé leur vraie voie.
Celle-là leur rapportera plus que l'autre.

AZIMUTH.

Eh bien, ils ont plutôt l'air minable vos administrés.

LA COMMÈRE.

Minute, mon cher. Ils ne sont pas tous comme cela.

Fanfares de trompes dans la coulisse.

AZIMUTH.

Qu'est-ce que c'est que ce bruit là ?

Entrent les chasseurs.

LA COMMÈRE, *à Azimuth.*

Hein ! qu'en dis-tu ; ont-ils l'air assez cossu ?

LES CHASSEURS, *en chœur.*

Air de Diane. — Orphée aux Enfers.

I

Quand nous descendons dans la plaine,
  Ton ton et tontaine
C'est pour y chasser le cochon
  Tontaine et tonton.
Et quand la gibecière est pleine,
  Ton ton et tontaine
Nous faisons sauter le bouchon,
  Tontaine et tonton
Et nous rentrons à la maison
  Ton taine et ton ton.

II

Nous n'avons pas toujours la veine
Ton ton et tontaine
De rencontrer le dit cochon
Ton taine et ton ton.
Mais qu'importe, la gourde est pleine
Ton ton et tontaine
On se passe de venaison
Ton taine et ton ton
Et gai l'on rentre à la maison
Ton taine et ton ton.

LA COMMÈRE.

Au moins voilà des chasseurs heureux.

Pendant la fin du chœur, l'Employé de l'octroi est sorti de sa maison, et appelant l'agent de police lui a fait signe de surveiller Zodiacos et Azimuth. L'agent de police vient se placer derrière ces deux derniers.

L'EMPLOYÉ DE L'OCTROI, *aux chasseurs.*

Rien à déclarer ?

Azimuth apercevant l'employé de l'octroi veut s'élancer sur lui. L'agent de police lève la main.

ZODIACOS, *arrêtant Azimuth.*

Laisse-les faire ! Laisse-les faire !

LES CHASSEURS.

Non, non, rien.

L'EMPLOYÉ DE L'OCTROI.

Voyons un peu ces carniers ?

UN CHASSEUR.

Puisqu'on vous dit qu'il n'y a rien.

L'AGENT DE POLICE.

Laissez, laissez ; obtempérez, messieurs, aux injonctions de ce préposé.

L'EMPLOYÉ DE L'OCTROI, *fouillant.*

Une pipe ! une gourde ! un livre... les œuvres de M. Ohnet.

L'AGENT DE POLICE, *prenant le livre.*

Ce n'est pas un livre prohibé, au moins ! Ce n'est pas écrit en Belgique ?

LA COMMÈRE.

Non ! c'est simplement écrit en belge.

L'EMPLOYÉ DE L'OCTROI, *fouillant un autre chasseur.*

Qu'est-ce que c'est que ça ? Un lapin ! A vous cinq vous avez un lapin et vous ne le déclarez pas ?

LE CHASSEUR.

Oh ! il est si petit ! Je l'avais oublié.

L'EMPLOYÉ DE L'OCTROI.

C'est bien ! je dresse procès-verbal !

LE CHASSEUR.

Ah ! mais vous m'embêtez, laissez moi tranquille gabelou de malheur !

L'AGENT DE POLICE.

Des insultes maintenant ? Au poste !

LE CHASSEUR.

Mais, Monsieur l'agent, vous avez pu constater de visu...

L'AGENT DE POLICE, *soupçonneux.*

De visu ?

LE CHASSEUR.

Mais.....

L'AGENT DE POLICE.

Vous dites que nous sommes des visus ?

LE CHASSEUR.

Permettez.

L'AGENT DE POLICE, *l'empoignant.*

Ah ! nous sommes des visus ! Ah ! nous sommes des visus ! A t-on jamais vu une chose pareille ! Un gaillard

qui traite les personnes de visus et qui l'est peut-être
plus que les autres ! Allons, au poste, et plus vite que ça ;
où je vous passe à tabac !

Sortie bruyante.

SCÈNE IX

LA COMMÈRE, ZODIACOS, AZIMUTH.

ZODIACOS.

Cristi ! La police est bien faite chez vous ! Vos agents
n'ont pas l'air malin, mais ils connaissent rudement bien
leur métier. — Azimuth, prends des notes.

AZIMUTH, *tirant son calepin.*

J'y suis, Monsieur.

LA COMMÈRE

Mon cher, je n'ai encore trouvé que ce moyen là pour
assurer la sécurité des foyers. Ils ne comprennent pas ce
qu'on leur dit, mais ils le font.

ZODIACOS.

Profond ! Très-profond !

AZIMUTH.

Immense !

ZODIACOS.

Mais nom d'un microscope, je ne sais si c'est la vue de
ces fourrures qui m'impressionne, mais il me semble que
la température se rafraîchit singulièrement.

LA COMMÈRE.

C'est vrai, on dirait que j'ai un vent coulis dans le dos.

AZIMUTH, *à part.*

Il ne doit pas s'embêter le vent coulis.

ZODIACOS.

Il y a quelque courant d'air, certainement. (*Montrant la Porte Chaussée*). Azimuth, va donc fermer cette grande porte.

AZIMUTH.

J'y vais.

LA COMMÈRE.

Inutile, mon cher, je vois ce que c'est. C'est la présence de Monsieur qui suffit à faire baisser le thermomètre.

SCÈNE X

LA COMMÈRE, ZODIACOS, AZIMUTH, LE FRIGORIFIQUE.

ZODIACOS *et* AZIMUTH, *grelottant.*

Qu'est ce que c'est que ça ?

LA COMMÈRE.

C'est le Frigorifique de la boucherie militaire.

LE FRIGORIFIQUE.

Tiens ! Ils ont l'air d'avoir froid. (*S'approchant de la Commère*). Bonjour, ma gracieuse souveraine.

LA COMMÈRE.

Bonjour, mon ami, enchantée de vous voir. Mais ne vous approchez pas trop.

ZODIACOS.

Je serais bien étonné que ce Monsieur fut parent même éloigné de mon collègue Choubersky.

LE FRIGORIFIQUE.

C'est étonnant ce qu'il fait chaud ici.

ZODIACOS.

Vrai ! Il n'est pas difficile ! Mais à quoi diable sert-il ?

AZIMUTH.

Parbleu, Monsieur, à frapper les carafes ! on les lui met dans les poches, et.....

LE FRIGORIFIQUE.

Du tout, mon cher, vous n'y êtes pas. Mon but est plus humanitaire.

COUPLETS.

Air : *En revenant du 1er mai.*

I

Chacun, grâce à mes réserves,
Désormais peut envoyer
Les fabricants de conserves
Dans leur huile se noyer.
Chez moi ce que l'on dépose
Se garde par tous les temps,
Et se retrouve frais, rose,
Au bout de vingt ou cent ans.

{REFRAIN.

Restez pas sur la place,
Y va geler dans quéqu' temps.
Voilà le réfrigérant qui passe.
Rentrez chez vous viv'ment
V'là le réfrigérant !
V'lan !

II

Serviable à tout le monde
Aux rosières, aux rentiers,
J'ai dans ma fosse profonde
Et capital et deniers.
Sans tromper la confiance
Je veille, discret gardien,
Et chacun à l'échéance
Intact retrouve son bien.

III

LA COMMÈRE.

Que ne puis-je en ta glacière
Pour les autres rajeunir

Le passé, temps éphémère
Qui ne saurait revenir.
Doux souvenirs, douces choses
Qui vécurent peu de jours,
Comme les parfums des roses
Semés au vent pour toujours !

ZODIACOS.

De grâce, renvoyez-le. C'est très joli ses petites histoires, mais qu'il s'en aille !

AZIMUTH.

Je m'enrhume, moi.

Il éternue.

LE FRIGORIFIQUE.

Si vous croyez que ça m'amuse de rester ici. J'aime autant m'en aller ; je commence à fondre.

LA COMMÈRE.

Ne fais pas ça. Ce serait un vilain tour à jouer à tes organisateurs.

LE FRIGORIFIQUE.

Eh ! bien au revoir. Mais rappelez vous ce que je vous ai dit, et gardez moi votre pratique.

Il sort.

SCÈNE XI.

LA COMMÈRE, ZODIACOS, AZIMUTH, *puis* LE BAZAR.

ZODIACOS.

Ça y est, je suis enrhumé ; je ne peux plus continuer. Il me faut absolument un foulard, un manteau, des gants moufles.... verts si c'est possible.

LE BAZAR, *entrant en distribuant des prospectus.*

Les gants verts, c'est ma spécialité. (*Criant*). Demandez ! demandez ! C'est moi qui suis le Grand Bazar. Prix

défiant toute concurrence ! On rend l'argent de tout objet
qui a cessé de plaire ! Demandez, demandez les prospectus
de la maison !

AZIMUTH.

Cristi ! Quelle musique !

LE BAZAR.

De la musique ? J'en ai monsieur, et de toute sorte :
trompettes, mirlitons, tambours, aristons, ocarinas, cym-
bales !

AZIMUTH.

Cinq balles ! Merci ! il suffit d'une seule comme la
tienne.

LA COMMÈRE.

Mais ce n'est pas ce qu'il faut à ces messieurs.

LE BAZAR.

N'importe, je dois avoir de quoi les satisfaire, car j'ai de
tout, de tout.

COUPLETS.

Air : En toute saison.

I

Je possède une boutique
Tout à l'instar de Paris,
Où je vends à la pratique
Chaque objet au plus bas prix.
Je vends de l'eau d'Houbigant
    Au printemps,
Des cannes en bois sculpté
    En été,
Je vends des gourdes très bonnes
    Pour l'automne,
Je vends des manteaux pas cher
    Pour l'hiver ;
Et je van.....te ma maison
    En toute saison !

II

Chez moi jamais de surprise,
Tous les gens qui sont venus

Ont pu voir ma marchandise
Marquée en chiffres connus.
J'ai des chapeaux, des rubans
    Au printemps,
J'ai du tissu velouté
    Pour l'été,
J'ai du reps, de la cretonne
    Pour l'automne,
J'ai des snow-boots, des gants verts
    Pour l'hiver.
J'é..... poussète mes rayons
    En toutes saisons !

III

Sur mon système l'on glose ;
Il est bon ; je vends beaucoup.
Et perdant sur chaque chose
Je me refais sur le tout.
Je tiens de beaux paravents
    Au printemps,
Je tiens le store natté
    Pour l'été,
Je tiens la lampe à colonne
    Pour l'automne,
Je tiens des poëles en fer
    Pour l'hiver.
Je tiens..... surtout au pognon
    En toute saison !

LA COMMÈRE.

Eh ! bien, mon cher, ça ne te tente pas ?

ZODIACOS.

Si, si, sa cretonne pour l'automne me séduit tout particulièrement. Mais où est-ce ? où donc que j'y courre ?

LE BAZAR.

Ici, monsieur, à deux pas.

ZODIACOS.

C'est bien, je vous suis. (*Le Bazar sort. A La Commère*) : Vous ne m'accompagnez pas, ma chère ?

LA COMMÈRE.

Très volontiers.

ZODIACOS.

Azimuth ! une voiture.

AZIMUTH, *bas à Zodiacos.*

Avec des stores, monsieur ? (*Zodiacos lui fait signe de se taire. Il va vers la coulisse et appelle*) : Cocher ! Cocher !

SCÈNE XII

LA COMMÈRE, ZODIACOS, AZIMUTH, TROIS COCHERS.

LES COCHERS, *entrant.*

Voilà, voilà !

ZODIACOS, *montrant le cocher du breack.*

Oh ! celui-là ! Il est reluisant. (*A part*). Il a bien une couleur un peu étrange, mais ici, personne ne sait que je suis marié. (*Au cocher*). Eh ! bien, mon ami, je vous prends, conduisez-nous.

LE COCHER DE BREACK.

Pardon, mon capitaine, je ne peux plus rouler.

ZODIACOS.

Comment, mon capitaine ?

LA COMMÈRE.

Esprit militaire, mon cher.

ZODIACOS.

Ça flatte toujours. Alors vous êtes en grève ?

LE COCHER DE BREACK.

Du tout, on m'a mis à pied. Mes chevaux piaffaient trop haut, ça éclaboussait le monde... J'ai passé les rênes à celui-ci.

LE COCHER D'AMBULANCE.

A votre service, mon bourgeois.

ZODIACOS.

Celui-ci ? (*A la commère*). Comment, vous avez aussi des ambulances urbaines ?

AZIMUTH.

Mais c'est pour le transport des macchabées. Ne le prenez pas, Monsieur, ça doit être plein de microbes.

LE COCHER D'AMBULANCE.

Pas de danger, mon p'tit père, il y a longtemps que je suis désaffecté. Voyez plutôt.

Il se retourne. Il porte dans le dos une étiquette sur laquelle est écrit : Désinfecté.

ZODIACOS

Ce n'est pas ça ; c'est désinfecté !

LA COMMÈRE.

L'un et l'autre, mon cher.

LE COCHER D'AMBULANCE.

Vous pouvez bien essayer. Ça ne coûte pas cher : trois sous la course ; ce n'est vraiment pas la peine de s'en priver.

ZODIACOS.

Merci, je n'ai pas confiance. Et celui-ci ?

LE COCHER D'OMNIBUS, *complètement gâteux*.

Qu'est...ce... que vous vou...ou...lez, Mo...osieur.

LA COMMÈRE.

Le conducteur du tramway de la ville.

ZODIACOS.

Il est plutôt bas de condition.

LE COCHER D'OMNIBUS.

Que... elle condition ? E... est-ce po...our a...aller à la...a...a ga...are ou... au cimetière ?

ZODIACOS.

Tiens, il ne fait que les départs celui-là !

AZIMUTH.

Au cimetière ! Merci alors !

LE COCHER D'OMNIBUS.

Je...e n'ai...ai pas... d'au...autre i...iti ti...néraire.

ZODIACOS.

Ça doit être commode. Mais il est navrant. Qu'est-ce qui a bien pu le mettre dans cet état là ?

LA COMMÈRE.

Un mode de suspension tout-à-fait particulier de son véhicule ; il y a de tels cahots que les tempéraments les mieux trempés n'y résistent pas. Alors, lui qui fait plusieurs fois le voyage par jour...

ZODIACOS.

Merci, j'aime autant ne pas en tâter. (*Au cocher*). Mais vous devriez essayer de soigner ça.

LE COCHER D'OMNIBUS.

On m'a...a déjà... à tré...é... pa...pa... né troi...ois... fois. Ça...a va...a un peu...eu...eu mi...eux.

AZIMUTH.

Mais si vous essayiez une quatrième fois ?

LE COCHER D'OMNIBUS

Ça... a... ne pre...esse pa...as !

Il tombe en syncope, les deux autres cochers le prennent sous le bras.

ZODIACOS et AZIMUTH.

Mais il se trouve mal ! Emmenez-le, emmenez-le ! (*Sortie des cochers*).

SCÈNE XIII

LA COMMÈRE, ZODIACOS, AZIMUTH, *puis le* PAYSAN
DE VAVINCOURT.

ZODIACOS.

Avec tout ça, nous ne sommes pas plus avancés qu'avant.
C'est tout ce que vous avez comme cochers, ma chère ?

LA COMMÈRE.

Oh si ! j'en ai d'autres, plus gaillards et mieux montés.
Malheurèusement on ne peut jamais mettre la main sur
eux. Au reste, ils sont bien inutiles ; le bazar est si près,
allons y à pied.

ZODIACOS.

Avec vous, princesse, jusqu'au bout du monde ! (*A part*).
Elle est décidément charmante.

Bruits de grelots dans la coulisse.

LE PAYSAN, *dans la coulisse.*

Ho... là ! Cocotte.

ZODIACOS.

Tiens ! un bruit de grelots ; voilà une voiture qui fera
peut-être notre affaire.

Entre le paysan.

LE PAYSAN, *fort accent lorrain.*

Ma voiture ? Plus souvent ! Avec mon cheval aussi ?
Eune bête qu'arrive de Vavincourt sans souffler tant seulement un brin. Ah ! mais non, là !

LA COMMÈRE.

Il est du crû. Je connais cet accent là.

ZODIACOS.

Vavincourt ? Qu'est-ce que c'est que ça !

LE PAYSAN.

Connaissez pas ? Vavincourt ? C'est un petit patelin proche à Bar-le-Duc.

LA COMMÈRE.

Et vous en arrivez en voiture ?

LE PAYSAN.

Bédame ! Faut ben ; y s'décident pas à finir leur tramavé .

AZIMUTH.

Leur tramavé ?

LE PAYSAN.

Ben, oui. Leur petite machine à voix t'étroite.

AZIMUTH.

Ah ! oui, d'intérêt bocal.

LA COMMÈRE.

Et électoral.

LE PAYSAN.

Y a pus de deux ans qu'ils ont commencé. Ah ! ils en ont fait des arquéducs et des viarducs ! Ils défoncent les routes, ils coupent les arbres, et ça n'avance jamais.

LA COMMÈRE.

Mais on doit connaître pourtant la date de l'ouverture de la ligne !

LE PAYSAN.

La date ? Ah ! mais non ! J'ai t'y couru, vingt bons Dieux pour la savoir !

COMPLAINTE.

Air *du Bureau de Placement.*

Un jour j'vas trouver Mossieu l'Maire ;
Il me répond : « J'n'y puis rien faire,
Mais M'sieu l'ingénieur vous dira
Quand on inaugur'ra »
J'monte en carriole et j'vais sans r'tard
Aussitôt sorti d'la Mairie

Chez l'ingénieur d'la Compagnie
Qui m'dit « J'vous répondrai plus tard. »
Je retourne chez Mossieu l'Maire
Il me répond : « J'n'y puis rien faire,
Mais Monsieur l' Préfet vous dira
Quand on inaugur'ra. »
J'monte en carriole et j'vais sans r'tard
Dans les bureaux d'la Préfecture ;
On m'dit : « R'montez dans vot' voiture
L' Préfet vous répondra plus tard. »
Je retourne chez Mossieu l'Maire
Il me répond : « J'n'y puis rien faire,
Mais not' député vous dira
Quand on inaugur'ra. »
J' monte en carriole et j'vais sans r'tard
Chez l'député. L'était en bombe !
C'est toujours comm'ça que ça tombe.
Son larbin m'dit : « R'venez plus tard. »
Je retourne chez Mossieu l'Maire
Il me répond : « J'n'y puis rien faire
Mais l'entrepreneur vous dira
Quand on inaugur'ra. »
J' monte en carriole et j'vais sans r'tard
Chez l'entrepreneur de l'affaire
Il me répond : « Ça n'avanc' guère,
R'venez, j'vous répondrai plus tard. »
Je retourne chez Mossieu l'Maire
Il me répond : « J' n'y puis rien faire
Mais un actionnair' vous dira
Quand on inaugur'ra. »
J' monte en carriole et j'vais sans r'tard
Trouver le plus gros actionnaire,
Y m' dit : « C'est un' mauvais' affaire,
La guign' c'est que j' l'ai su trop tard. »
Je retourne chez Mossieu l'Maire,
Il me répond : « Va t' fair' lan laire !
Ma foi, bien malin qui saura
Quand on inaugur'ra ! »

LA COMMÈRE.

Alors après toutes vos démarches', vous n'êtes pas
mieux renseigné qu'avant !

LE PAYSAN.

Ah ! mais non, là ! Seur'ment on m'a dit qu'y avait
ici un barbier qui savait toutes les nouvelles. J'vas l'voir.
Bonsoir la compagnie.

Il sort.

SCÈNE XIV

LA COMMÈRE, ZODIACOS, AZIMUTH,

ZODIACOS.

Rasoir ce bonhomme avec son chemin de fer et ses
démarches.

LA COMMÈRE.

Eh ! bien, allons-nous au bazar ?

ZODIACOS.

Quand vous voudrez. (*Sonnerie au téléphone*) Hein !
Qu'est-ce encore ? (*A Azimuth*). Vois donc et charge toi
de répondre.

Il sort avec la Commère.

SCÈNE XV

AZIMUTH *seul, puis* L'ALLUMEUR DE RÉVERBÈRES.

AZIMUTH, *sans s'apercevoir de la sortie de Zodiacos.*

Allô ! allô !... (*Il écoute*).... Moi. (*Il écoute*)..... Moi
Azimuth... Le patron ? Il est là avec moi ; je lui transmets
les nouvelles. (*Ecoutant et parlant*). Le président de toutes
les académies donne signes non équivoques de décrépi-
tude avancée. Nous craignons dénouement fatal. Il serait
bon de hâter votre retour si vous voulez poser votre candidature. (*Il se retourne et constate la disparition de Zodiacos.*) Eh bien, où sont-ils ? Mais où est-il ? Ils m'ont

5

lâché. En voilà une sale blague ! Je ne connais pas la ville, moi. Comment faire pour le trouver ? Quelqu'un ! (*Entre l'allumeur de réverbères*). Sauvé, mon Dieu ! Pardon, vous ne pourriez pas me dire...

L'ALLUMEUR.

Je n'ai pas le temps, je commence ma tournée d'allumage et il faut que j'aille à Glorieux.

AZIMUTH.

Un simple renseignement.

L'ALLUMEUR.

Quoi ?

AZIMUTH.

N'auriez-vous pas rencontré sur votre passage un monsieur très-bien, avec une petite dame encore mieux ?

L'ALLUMEUR.

Une petite dame ? Si je comptais toutes celles que je rencontre !.... Mais je n'ai rien vu.

Il sort.

SCÈNE XVI

AZIMUTH *seul, puis le* SERGENT DE VILLE.

AZIMUTH.

Rien vu, c'est désespérant. Monsieur, Monsieur... ah !.. ouat !... ah ! par ici. (*Appelant dans la coulisse*) : Madame ! Madame !

Il sort.

LE SERGENT DE VILLE, *entrant.*

On a crié par ici. Qui appelle ? Personne ! C'est pas permis de déranger les gens s'il n'y a rien ; c'est toujours la même chose.

Il sort.

SCÈNE XVII

LA COMMÈRE, ZODIACOS, *rentrant*.

LA COMMÈRE.

Alors décidément, tu renonces à tes fourrures ?

ZODIACOS.

Ah ! je n'y songe guère ! Le seul regard de vos yeux a suffi à me réchauffer.

LA COMMÈRE.

Mais alors, mon cher, c'est une déclaration ?

ZODIACOS.

Oui et brûlante ! Je laisse à cette métaphore le soin de vous donner une juste idée de la flamme qui me dévore !

LA COMMÈRE.

Oh ! oh ! et cela t'est venu brusquement, en parcourant les rues avec moi ?

ZODIACOS.

Non, mais tout-à-l'heure, l'autre me gênait. Mais maintenant qu'il n'est plus là, laisse-moi te montrer à découvert l'étendue des ravages que tes charmes ont faits en moi ! Fuyons ! « Viens fuyons vers une autre patrie ! » Prenez la bicyclette d'Azimuth.

LA COMMÈRE.

Mille regrets, mon cher, je ne pédale pas.

ZODIACOS.

Vous ne pédalez pas ? Qu'importe, je vous prends en croupe, et bientôt rapides comme l'éclair...

LA COMMÈRE.

Alors un enlèvement, en tandem ? (*A part*). Il va bien.

DUO

Air : *Ah ! le charmant système. — Mon prince.*

LA COMMÈRE.	ZODIACOS.
Ah, la bonne aventure !	Délicieuse aventure !
C'est un enlèvement.	C'est un enlèvement.
Quelle chaude tournure	Cela m'a la tournure
Cela prend depuis un moment.	De réussir parfaitement.

LA COMMÈRE.

Mon cher, quel bousculade !
Quel aplomb de séducteur !

ZODIACOS.

Je mène mon ambassade
Un vrai train d'ambassadeur.

LA COMMÈRE.

Mais pourquoi brusquer si vite
Votre dénouement ?

ZODIACOS.

Laissez, je profite
D'un si beau commencement.
De ma pétulante éloquence
Le souffle n'est pas infini.
Je sais bien comment il commence,
Mais rarement comme il finit.   *Reprise du duo.*

LA COMMÈRE.

Mais qu'Azimuth nous surprenne
En telle conversation

ZODIACOS.

Ma chère, comme la mienne
Je connais sa discrétion.

LA COMMÈRE.

Une humeur aussi folâtre
Est un gros défaut.

ZODIACOS.

C'est plus sûr de battre
Le fer pendant qu'il est chaud.
De ma pétulante éloquence... etc. *Reprise du duo.*

ZODIACOS.

Eh ! bien, venez-vous ?

LA COMMÈRE.

Vous êtes fou, voyons, je ne puis pourtant pas partir
comme ça... Et mes sujets ? Qu'en faites-vous dans tout
cela ?

ZODIACOS.

Je vous prie, je vous supplie !

!*Il tombe à genoux.*

SCÈNE XVIII

LA COMMÈRE, ZODIACOS, AZIMUTH.

AZIMUTH, *entrant.*

Triple Hécate ! Que vois-je !

ZODIACOS, *se relevant.*

A l'autre maintenant !
Que vient-il faire ici ? L'on n'est pas plus rasant .
Çela marchait si bien !

AZIMUTH.

Voilà comme, oh ! jeunesse !
Vous mettez à profit le calme où je vous laisse !
C'est immense !

LA COMMÈRE.

Mon cher...

AZIMUTH.

Ah ! ne répliquez pas !
Silence tous les deux ! ou je vais de ce pas

Courir au téléphone et lancer dans l'espace
Le récit de ces faits dont s'empourpre ma face !

Il se voile la tête des pans de sa redingote.

ZODIACOS, *à part.*

Ah ! mais non, pas de ça !

Suppliant à Azimuth.

Mais, mon vieil Azimuth...

AZIMUTH.

Laissez, je délibère avec moi-même.

ZODIACOS.

Zut !

Fais comme bon te semble, et cours au téléphone.
Appelle, crie allô ! sonne et recarillonne ;
Je m'en moque après tout, je ne fais rien de mal.

AZIMUTH, *ironique.*

Vraiment !

LA COMMÈRE.

Mais non, Monsieur, c'est tout à fait banal ;
C'est un flirt innocent, et toutes sur la terre
Nous agissons de même avec qui sait nous plaire.

COUPLETS.

Air : *Les Pensionnaires.*

I

Ça débute sans qu'on y pense,
Un beau soir, au spectacle, au bal ;
La première fois on commence,
Doucement sans songer à mal.
Mais le petit cœur trotte, trotte ;
Se revoir est si séduisant !
On cause, on recause, on papotte,
La glace est rompue à présent.
On cède à l'œil qui vous enjôle,
A la main effleurant le bras.
Geste discret, simple parole,
C'est du flirt, ça ne compte pas.

II

Dans le brouhaha de la fête,
Le bruyant et gai tourbillon
Devient un discret tête-à-tête
Qui permet de baisser le ton.
Et souligné d'un fin sourire
Va le sous-entendu malin,
Des mots qui ne veulent rien dire
Et disent tout, ne disant rien.
Le parfum grisant vole, vole...
Le discours s'achève plus bas,
Mais tant que ce n'est qu'en parole
C'est du flirt, ça ne compte pas.

III

Pourtant la douce voix qui chante
Vous grise, et souvent par malheur
Vous guide à la charmeuse pente ;
Le simple jeu vous prend au cœur...
Et le grand mot se met en tête,
S'installe en maître provenant ;
Le doux zéphir devient tempête.
Le feu follet devient volcan !
Un jour... l'illusion s'envole,
Le beau rêve fait patatras...
Et l'on pleure comme une folle...
Simple flirt, ça ne comptait pas.

IV

Aussi le plus sage est d'en rire
A temps pour ne pas en pleurer ;
Amusette mais non martyre,
C'est bien la morale à tirer.
Soyez aimables, séduisantes,
C'est votre rôle parmi nous ;
Laissez vos grâces enivrantes
Papillonner autour de vous ;
Mais, brûlez à temps votre idole
Discrètement et sans éclat,
Même quand ce n'est qu'en parole
Aimez le flirt, n'y croyez pas.

AZIMUTH.

Flirt ? ?

LA COMMÈRE.

Flirt.

AZIMUTH.

Je ne crois pas avoir très bien saisi ;
Mais si vous m'assurez que c'est toujours ainsi !...
Depuis peu, j'ai vu tant de choses singulières !

ZODIACOS.

Ah ! vraiment !

AZIMUTH.

Je crois bien, de toutes les manières.
Je vais vous les conter. Mais avant, permettez ;
Quelques notes à prendre.

Il prend des notes.

LA COMMÈRE.

Allez, Monsieur, allez.

ZODIACOS, *à la Commère.*

C'est fini, vous voyez ; au fond, c'est un brave homme.

LA COMMÈRE.

Taisez-vous !

ZODIACOS.

Pas très fort, mais bonne bête en somme.

AZIMUTH, *épelant en prenant des notes.*

F...l...e...u...r....t.

LA COMMÈRE.

Non, monsieur, par un i

AZIMUTH.

Vous êtes sûre ?

LA COMMÈRE.

Tiens !

AZIMUTH.

Immense ! Enfin, merci.

Il écrit.

ZODIACOS *à la Commère.*

Ses courroux les plus longs sont de courte durée.
Mais qu'il est venu tôt ! Quelle sotte rentrée !
J'étais si bien ainsi, si bien à vos genoux !

LA COMMÈRE, *riant,*

Quoi ! vous recommencez ?

AZIMUTH, *qui a fini de prendre des notes et serré son portefeuille.*

Voilà ; figurez-vous
Qu'après m'être aperçu que vous preniez la fuite,
Je me suis aussitôt mis à votre poursuite.
Dans la ville, effaré je courais, demandant :
« Où donc est Zodiacos ? Où donc ? » Chaque passant
Se tordait sans répondre ; et les pavés rebelles
Ensanglantaient mes pieds à travers mes semelles !
Non, de mémoire d'homme, on n'a jamais rien vu
De plus disjoint, de plus férocement pointu.
C'est ainsi, paraît-il, tout le long de la ville.
Je ne saurais, Madame, en courtisan docile
Vous en complimenter. Il est vrai qu'au verglas
Ça glisse moins.

Commencement du mélodrame à l'orchestre.

Pourtant je poursuivais mes pas
Et me trouvai bientôt en dehors des murailles.
Au lointain, j'entendais comme un bruit de batailles ;
Le sol tremblait ; dans l'air, des cliquetis d'aciers
S'entrechoquaient avec des sons de boucliers !...
Une plaine à mes yeux s'étendait triste et sombre ;
Des arbres rabougris y couvraient de leur ombre

Un lac noir et fétide où d'immondes corbeaux
S'ébattaient lourdement au milieu des roseaux.
Tout autour, des guerriers vêtus de couleurs claires
Lançaient à l'horizon leurs fanfares guerrières !
D'étranges animaux, poilus, l'air furieux,
Leur servaient de monture et galopaient sous eux !...
Immense !... — Epouvanté, je cherchais une issue,
Un refuge, un abri ; quand s'offrit à ma vue
Au bout d'un mur grisâtre un bâtiment carré.
Il était neuf, superbe, amplement éclairé
Par un double rang de fenêtres. Sur la porte
Un guerrier vigilant vêtu d'étrange sorte,
Coiffé d'un bonnet bleu, portant un manteau gris,
Avec du lard mangeait un morceau de pain bis.
— En ces lieux isolés et d'un aspect tranquille
Je crus trouver d'abord un secourable asile.
Mais déjà le soldat devant moi se campait :
« Mortel, me cria-t-il, on n'entre pas à pied !
Demi-tour ! oust ! » Je fis quatre pas en arrière,
Et par l'huis entr'ouvert regardai. La lumière
Jouait à l'intérieur, et me montra d'abord
Des murs blanchis de frais. Le triste vent du nord
Avait durci le sol. La terre vallonnée
Montait, redescendait brusquement. La pensée
D'une montagne russe à mon esprit subtil
Vint de suite. Avais-je trouvé ? Cela sert-il
A quelque usage étrange ??? En tout cas, ce doit être
Abandonné ; car d'en bas à chaque fenêtre
Une noire poussière arabesque les murs
Et recouvre le sol de ses sillons impurs.
— Mais la voix du soldat se faisait plus sévère :
« Allons ! décanillez ; que prétendez-vous faire
« Ici ? » Sans répliquer, je m'enfuis et cherchant
Le chemin que j'avais suivi l'instant d'avant,
Je revis les guerriers, j'entendis leurs fanfares,

Retrouvai les pavés et leurs·pointes barbares,
Aperçus cette tour, et bientôt près de vous
Je me trouvai. — Monsieur était à vos genoux.
Il vous pressait les mains et je l'ai cru coupable.
Excusez !

Fin du mélodrame à l'orchestre.

Voilà le récit invraisemblable
De ma course éperdue à travers la cité.
Voilà ce que j'ai vu, ce que j'ai relaté
Sur mon block : et plus tard notre histoire étonnée
Lorsqu'elle contera ma lugubre odyssée
Dira : « Grand homme ! Il vint ! Il brava le trépas ! »
Puis… fermera son livre et ne me croira pas !

LA COMMÈRE.

Air : *Adèle, t'es belle.*

Fortune
Commune
A plus d'un fameux historien
Qui blague
Divague
Et conte tout ne sachant rien !

COUPLET.

Voilà comme on écrit l'histoire !
Voilà comme on marche à la gloire !
Tu n'as rien vu que des chevaux,
Des soldats, mes quartiers Bévaux,
Mon terrain, mon garde-manège,
Gens et choses que je protège,
Mais qu'on a, je ne sais pourquoi,
Mis loin de tout et de moi.

AZIMUTH.

Qu'importe.
J'emporte
Mon récit là·bas avec soin.
Fort sage
Est l'adage :
A beau mentir qui vient de loin !

AZIMUTH.

C'est égal, je suis bien heureux de vous retrouver, Monsieur ; car j'ai de graves nouvelles à vous communiquer.

ZODIACOS, *qui coquette avec la Commère.*

Graves nouvelles ?..... A demain les affaires sérieuses !

AZIMUTH.

Mais, Monsieur......

ZODIACOS.

Assez, laisse, te dis-je. Ne vois-tu pas que je flirte avec Madame ; un simple flirt du reste.

AZIMUTH.

Enfin !

COUPLETS.

Air de la Valse. — Cliquette.

I

Soit, j'y mets de la complaisance ;
Le jeu me parait innocent,
Car enfin dans la circonstance
Ce sera peu compromettant ;
Et j'aurai du moins la fortune
Quand nous rebrousserons chemins,
De pouvoir m'en laver les mains
A notre retour dans la lune.

LA COMMÈRE.

II

Souvent la femme hors du ménage
Va chercher consolation ;
Si par hasard sur son passage
S'offre la compensation,
Mon ami, j'en connais plus d'une
Qui serait heureuse, je crois,
D'avoir au moins pour cette fois,
D'avoir son mari dans la lune.

II

Mais par contre une jeune femme
Près d'un mari par trop pensif,
Tâche de lui montrer sa flamme
Par un interview expressif...
De réponse elle n'en veut qu'une.... ?
Complet silence !... Evidemment
Elle regrette èn tel moment
D'avoir son mari dans la lune !

ZODIACOS.

IV

Mais avec moi, rien de semblable,
Pas plus l'un que l'autre accident ;
Et s'il faut me donner au diable
Pour avoir votre assentiment,
J'irai de façon peu commune
Novice encor, cahin-caha,
Aussi souvent qu'il vous plaira
Avec les dents prendre la lune.

AZIMUTH.

C'est très joli tout cela, monsieur, mais il faut pourtant
que je vous dise ce qu'on vient de me téléphoner.

ZODIACOS.

Ah ! laisse moi tranquille !

AZIMUTH.

Soit, Monsieur, je vais dire que vous ne voulez rien
entendre.

Il se dirige vers le téléphone et sonne.

ZODIACOS.

Arrête ! veux-tu te taire !

AZIMUTH.

Allô ! allô !

ZODIACOS.

Ah ! c'est trop fort !

Il le tire. Le fil casse et leur dégringole sur la tête.
Malheureux : Que viens-tu de faire ?

AZIMUTH.

Un mouvement involontaire !

Eh ! bien, nous sommes propres maintenant !

ZODIACOS, *un peu affolé.*

Nous sommes perdus ! Mais tâche de rattraper le fil.

AZIMUTH, *regardant en l'air.*

Ah ! ouat ! Le voilà qui se ballade là-haut, tout là-haut. Comment voulez-vous que je fasse ? Si seulement l'allumeur de reverbères était là.

ZODIACOS, *regardant la Commère en dessous.*

Oh ! après tout, le malheur n'est pas si grand !

AZIMUTH.

Pas si grand ! Mais la réponse à donner !

ZODIACOS.

Quelle réponse ?

AZIMUTH.

Votre candidature à poser, Monsieur ; le Président de toutes les Académies est à la dernière extrémité, et l'on s'occupe de lui chercher un successeur. C'est pour ça que...

ZODIACOS.

Ah ! diable !... Après tout il attendra bien. (*A la Commère*). N'est-ce pas qu'il nous attendra bien ; il faut qu'il nous attende.

LA COMMERE, *à part.*

Nous... (*Haut*). Il aura besoin d'y mettre de la patience.

ZODIACOS, *aimable.*

Il en aura !

AZIMUTH, *se frappant le front.*

Oh ! oh ! oh ! oh ! Immense !

ZODIACOS *et la* COMMÈRE.

Quoi ? Qu'est-ce ?.

AZIMUTH.

L'aigle voyageur ! L'aigle voyageur que j'ai eu soin de fourrer dans ma valise en prévision d'un accident toujours possible. C'est lui qui va nous sauver et porter votre réponse !

ZODIACOS.

Il pense à tout !

LA COMMÈRE.

Un aigle voyageur : ça c'est ingénieux. Ah ! mais, dites donc, ne le lâchez pas ici. Il va manger tous mes pigeons.

AZIMUTH.

Soyez sans crainte, Madame, il est bien dressé, il ne dévore que l'espace! Je cours le chercher, préparez la réponse.

Il sort.

ZODIACOS, *écrivant.*

« Chef observatoire. à membres Institut astronomique Saturne. » (*Regardant la Commère langoureusement*). Faut-il que de si fâcheux accidents viennent jeter le trouble dans une si délicieuse idylle!

LA COMMÈRE.

Allons, ne recommence pas; sois raisonnable.

AZIMUTH, *apportant une cage énorme contenant un serin.*

Le voilà !

LA COMMÈRE.

Oh! qu'il est petit !...

Azimuth prend le serin dans sa cage.

ZODIACOS.

C'est vrai, il est terriblement maigre.

Il donne sa réponse à Azimuth.

AZIMUTH.

Ce n'est pas étonnant. Il a souffert de la soif pendant
la traversée. Si vous croyez qu'il avait tous les jours son
abreuvoir sous la patte, surtout pendant les grands
froids ! Mais il est encore gaillard tout de même. Vous
allez voir. (*Il fait un cornet avec la réponse de Zodiacos
et met le serin dans le cornet*) .. Et voilà ! (*Il lance le
cornet en l'air*). Et maintenant va, messager fidèle,... et
surtout reviens vite !

LA COMMÈRE.

Comment, reviens vite ?

AZIMUTH.

Mais oui, Madame, si on a quelque chose à nous faire
dire, c'est lui qui reviendra. Dernier perfectionnement.
Immense !

ZODIACOS.

L'aigle « Aller et retour », et ça ne coûte pas plus cher.

LA COMMÈRE.

Oh ! oh ! mes pigeons n'en sont pas encore là.

ZODIACOS.

Ouf !!... Quel souci de moins !... Quel souci de moins !
ce maudit fil coupé !

Entre le reporter.

SCÈNE XIX

LA COMMÈRE, ZODIACOS, AZIMUTH, LE REPORTER.

ZODIACOS.

Qu'est-ce encore ? mais je n'aurai donc jamais la paix !

LE REPORTER *s'épongeant le front.*

Bonjour, Madame, bonjour, Messieurs.

LA COMMÈRE.

Mais il me semble que je vous ai déjà vu quelque part.

LE REPORTER.

Moi ? Je crois bien ! Pas plus tard que ce matin. Je ne suis d'ailleurs venu ici que sur une aimable invitation de votre part. C'est du reste bien gentil, mais ça fait trop de travail et de plaisir à la fois. Vous faites bien les choses ! Deux casernes inaugurées le même jour ! Si encore elles étaient l'une à côté de l'autre !... Mais elles sont aux deux bouts du pays.

ZODIACOS.

Qu'est-ce qu'il raconte ?

LA COMMÈRE.

Mes casernes ? Mais qui donc êtes-vous ?

LE REPORTER.

Le reporter en chef du « Verdioun-Hérald. »

LA COMMÈRE, *riant*.

Ah ! ah ! ah ! elle est trop forte ! L'inauguration solennelle de mes casernes... qui n'aura lieu que dans six mois... Il a déjà fait l'article et entre si bien dans la peau de son bonhomme qu'il croit la cérémonie déjà faite !... Après tout, ce n'est pas ce qui vous gêne, n'est-ce pas ?

LE REPORTER.

Pardon, Madame, vos casernes ne sont peut-être pas inaugurées, mais sûrement elles sont habitées ; je le sais, j'en viens.

LA COMMÈRE.

Habitées ? Ça m'étonne.

LE REPORTER.

Les hommes y sont même très au large et le logement est fort confortable. J'ai vu de mes yeux un lit tout entier

6

pour une compagnie et un génie bienfaisant a mis à sa
disposition un hangar, un hangar dans sa totalité pour
abriter la garde de police. C'est le dernier cri.

AZIMUTH.

Il a l'air joliment bien informé !

LA COMMÈRE.

Alors, j'espère, mon cher, que vous allez me faire un
petit article tapé.

LE REPORTER.

Auriez-vous l'extrême obligeance de me présenter à ces
Messieurs, pour que je puisse mettre quelque chose sur
eux, dans mon compte-rendu. Il faut absolument pour
cela que je les interviewe.

LA COMMÈRE.

Avec plaisir.

ZODIACOS, à part.

Il commence à m'embêter.

LA COMMÈRE, à Zodiacos.

Mon cher, Monsieur voudrait connaître vos noms pour
sa petite chronique.

LE REPORTER.

Oh ! les noms ne font rien ; je puis toujours les
changer à temps.

LA COMMÈRE, présentant.

Maître Zodiacos ; Monsieur Azimuth, son secrétaire.

ZODIACOS et AZIMUTH.

Monsieur !

LE REPORTER, écrivant.

Quelques simples détails... intimes autant que possible
pour que je puisse bien montrer à nos lecteurs que nous

ne parlons des gens qu'après avoir pénétré au fond même de leur intérieur.

AZIMUTH.

Des détails intimes ? Il n'est pas gêné.

LE REPORTER, *écrivant.*

Vous permettez ? — Mais auparavant, quelques menues questions. La couleur de cheveux que vous préférez ?

ZODIACOS, *regardant la Commère.*

Malin, va ! Le blond ardent, parbleu !

LE REPORTER, *écrivant.*

Parfait, parfait ! Votre parfum favori ? Le pied sur lequel vous vous levez de préférence ?

ZODIACOS.

Oh ! mais dites donc... vous devenez un peu familier. Mais au fait, mon fidèle Azimuth se chargera de faire l'article lui-même et vous l'enverra.

AZIMUTH.

Soyez tranquille ! Et il sera flatteur pour nous.

LE REPORTER.

Vous préférez ? Très bien. Ça se fait beaucoup d'ailleurs. Ça simplifie bien des choses et comme cela, tout le monde est content !

AZIMUTH.

Donnez-moi seulement l'adresse.

LE REPORTER, *lui donnant une carte.*

Voilà ! Pas besoin d'ailleurs de mettre vos noms. Si l'article ne sert pas pour vous, je trouverai toujours à l'employer. *(Saluant).* Madame ! Messieurs !

ZODIACOS.

Bonsoir ! Bonsoir !

Le reporter sort.

SCÈNE XX

LA COMMÈRE, ZODIACOS, AZIMUTH, *puis* LES PÊCHEURS.

LA COMMÈRE.

Tu parles trop.

ZODIACOS.

Comment ? Je n'ai rien dit.

LA COMMÈRE.

C'est déjà trop ! Chez moi, mon cher, il faut tenir sa langue. Ce que l'on fait, ce que l'on dit, et surtout ce que l'on ne fait ni ne dit... tout se sait.

Entrent les Pêcheurs à la ligne.

AZIMUTH.

Qu'est-ce que c'est encore que ces gens-là ?

LES PÊCHEURS, *en chœur.*

Air des Lanternes. — Rip-Rip.

Le soir, le matin,
La canne à la main,
D'un air grave et digne,
Nous lançons la ligne.
Au brochet vorace, au menu fretin,
Le soir, le matin,
Nous lançons la ligne.

Les Pêcheurs s'installent.

ZODIACOS.

Quels drôles de gens ! Qu'est-ce qu'ils vont faire avec ces bâtons à la main ? Ils ont l'air dangereux.

LA COMMÈRE.

Rassure-toi, ce sont les gens les plus inoffensifs du monde. Ils sont comme cela légion sur le bord des rivières, mais je crois que c'est encore chez moi qu'on en trouve le plus. C'est la spécialité de ma ville.

1er PÊCHÉUR.

Eh ! bien, c'est ça, ne vous gênez pas ! Une place que j'ai appâtée moi-même cette nuit ! Sang de bœuf et asticots !

2e PÊCHEUR.

Vous plaisantez, je pense. Ici, au bout du pont ? Mais voilà dix-sept ans que j'y viens. Mon père y a pêché...

AZIMUTH, *à part.*

Sept fois par jour, comme le sage.

2e PÊCHEUR.

Mes fils y pêcheront ; et c'est là, Monsieur, que mon grand-père en 1794 ramena après une lutte terrible un goujon, un simple goujon qui dépassait seize livres !

ZODIACOS.

Mâtin !

AZIMUTH.

Mince, alors !

3e PÊCHEUR.

Et le *Petit Journal* n'en a rien dit ? Ça m'étonne.

1er PÊCHEUR.

Oh ! alors ! Monsieur !

Il salue le 2e Pêcheur et va s'installer plus loin.

AZIMUTH, *au 3e Pêcheur.*

Ça mord ?

LES PÊCHEURS.

Air *de la Petite Mariée.*

Chut ! Chut ! Silence !
Chut ! Chut ! Prudence !

Sur la fin de l'air, on entend dans la coulisse un coup de sifflet.

ZODIACOS, *tressaillant.*

Qu'est-ce que c'est que ça ?

1er PÊCHEUR.

Encore lui !

2e PÊCHEUR.

Rien à faire !

3e PÊCHEUR.

Allons nous-en !

Ils se sauvent.

SCÈNE XXI

LA COMMÈRE, ZODIACOS, AZIMUTH, LE BATEAU A VAPEUR.

LE BATEAU.

Oh ! oh ! je mets les gens en fuite. Je n'ai pourtant rien de bien effrayant. (*Saluant*). Messieurs... Madame, je suis heureux de vous baiser la main. Il y avait un siècle que je n'avais eu le plaisir de vous voir.

LA COMMÈRE.

C'est à moi, mon cher, à vous faire ce reproche. (*Le présentant*). Messieurs, le Bateau à vapeur de la Meuse. Croiriez-vous que Monsieur se fait désirer ? Nous le voyons à peine deux ou trois fois par an, quand Messieurs les Ingénieurs des Ponts-et-Chaussées viennent faire leur tournée.

ZODIACOS.

Ce qu'il pue le goudron cet animal-là.

AZIMUTH.

C'est très-sain, Monsieur. Il doit avoir des pastilles Géraudel plein ses poches. Il paraît que c'est le pays.

LE BATEAU.

Dame ! Je viens bien un peu quand cela m'est possible.
Si vous croyez que la navigation est toujours commode
sur la Meuse ! (*Coup de sifflet dans la coulisse*). Hein !
Quoi ! Une concurrence ! (*Coup de sifflet*). Ah ! c'est trop
fort !

Entre le Decauville.

SCÈNE XXII

LA COMMÈRE, ZODIACOS, AZIMUTH, LE BATEAU A VAPEUR LE DECAUVILLE.

LE BATEAU.|

Comment, c'est vous, mon garçon, qui vous permettez
de siffler de la sorte ? Et de quel droit, s'il vous plaît ?

LE DECAUVILLE, *éclatant de rire.*

Ah ! ah ! ah ! Il est encore bon celui-là !

LE BATEAU.

Il se moque de moi ; nous allons voir !

LE DECAUVILLE.

Tu m'ennuies. As-tu fini ?

LE BATEAU A VAPEUR.

Mille tonnerres de bâbord ! Deux cent mille tonnerres
de tribord !

ZODIACOS.

Voulez-vous vous taire ? (*Montrant la Commère*). Il y
a des dames !

AZIMUTH.

Soyez donc distingués, nom d'un pétard !

LA COMMÈRE.

Allons, mes. amis, du calme. A quoi bon vous disputer ?
Il n'y a concurrence ni pour l'un ni pour l'autre. Toi, reste
sur ton canal et laisse-lui sa voie ferrée.

LE BATEAU.

Sa voie ferrée ? Qui es-tu donc ?

LE DECAUVILLE.

Mais, mon cher, tu m'as vu cent fois.

COUPLETS.

Air : *Le prince a découché. — Mon Prince.*

I

Jour et nuit je serpente
Au bruit de mon sifflet
Rampe, palier ou pente,
Je vais où ça me plaît,
En avant, en arrière,
Filant toujours grand train,
Je fais peu de poussière
Et beaucoup de chemin.
Partout je me faufile,
Partout on me connaît.
Psch !   *Coup de sifflet.*
    C'est le Decauville
Avec son wagonnet !

II

Mon vaste itinéraire
Variable à loisir
Est pourtant circulaire
Comme un train de plaisir.
Quand las de sa consigne
Aux forts des alentours
L'officier me fait signe,
Mon train chauffe et j'accours.
Je le descends en ville
Aux bons coins qu'il connaît
Psch !   *Coup de sifflet.*
    Dans le Decauville
Avec son wagonnet !

LA COMMÈRE.

Ce travail si modeste
Pour toi n'est pas assez.

Un grand rôle te reste :
Dans nos forts menacés
Volant comme la foudre
Quand il faudra porter
Les canons et la poudre
Qui les fera chanter,
A quel moteur agile
S'adresser, si ce n'est
Psch ! Psch !

Au Decauville

Avec son wagonnet ?

Coup de siffle .

LE BATEAU, *tendant la main au Decauville.*

Mon cher, toutes mes excuses.

LE DECAUVILLE.

Sans rancune aucune.

ZODIACOS.

Grand bien te fasse, Boniface.

AZIMUTH.

Fort bien, Sébastien. (*A la Commère*). Eh ! bien, et vous, vous ne dites rien ?

LA COMMÈRE.

Moi ? si ; je dis : flûte, Azimuth !

AZIMUTH.

Ça c'est tapé ! Rien à dire.

ZODIACOS.

Elle a la répartie facile. (*Au Bateau*). Eh bien, mais et vous là, le malin qui criiez si fort tout à l'heure, qu'est ce que vous savez faire ?

LE BATEAU.

Moi ?

COUPLETS.

Air du Yacht. — Adam et Eve.

I

Entre deux rives verdoyantes
Je descends l'eau sans me presser,
Et les poissons, gueules béantes,
Du fond me regardent passer.

REFRAIN.

Et qu'est-c' qui fait que ce bateau
Glisse si gentiment sur l'eau ?
C'est y la toile à voil' ? Ça s'rait-y l'aviron ?
Non ! non ! non ! non !
C'est un moteur
Bien plus flatteur,
C'est la vapeur !

II

Assis au bord sur une roche
Coiffé d'un chapeau sans façon,
Le pêcheur maudit mon approche
Qui met en fuite le poisson.

III

Parfois, j'aperçois sur l'herbette
Deux amoureux main dans la main ;
Vite, je détourne la tête
Et poursuis gaiement mon chemin.

IV

Puis j'arrive dans une ville ;
Je fends plus doucement les eaux,
Je m'arrête et m'endors tranquille
Bercé mollement par les flots

ZODIACOS.

Eh ! bien, mais si nous profitions de ce qu'il est là pour
aller faire un petit tour.

Brouhaha dans la coulisse.

SCÈNE XXIII

LA COMMÈRE, ZODIACOS, AZIMUTH,
LE BATEAU A VAPEUR, LE DECAUVILLE, LE PAYSAN DE
VAVINCOURT, LE REPORTER, L'AGENT DE POLICE,
PÊCHEURS, CHASSEURS, L'HOTEL-DE-VILLE, LE BAZAR,
L'ALLUMEUR DE RÈVERBÈRES, LE CONDUCTEUR
D'OMNIBUS, LE COCHER DE BREACK.

Entrée tumultueuse.

L'ALLUMEUR DE REVERBÈRES, *tapant dans le vide.*

Tiens ! Attrape !

4ᵉ PÊCHEUR.

Le voilà ! Le voilà !

3ᵉ CHASSEUR.

Laissez-moi tirer ! Laissez-moi tirer !

ZODIACOS, *se cachant derrière Azimuth.*

Faites pas ça !

LE PAYSAN.

En v'là un drôle d'orsiau !

3ᵉ CHASSEUR.

Il descend, il descend !

LA COMMÈRE.

Mais enfin qu'est-ce que c'est ?

TOUS, *hurlant.*

Un aigle ! Un vautour ! Un condor !

Ils sortent à gauche en courant.

ZODIACOS.

Un aigle ? Mais c'est le nôtre !

AZIMUTH.

Mon aigle !

Il se précipite dans la coulisse derrière les poursuivants.

ZODIACOS.

L'aigle ! Quelle réponse apporte-t-il ?

AZIMUTH, *revient tenant une poule dans ses bras.*
Il est suivi par toute la bande.

Allez ! assez ! Avez-vous fini ?

LE PAYSAN.

C'est moi que je l'ai vu le premier.

L'ALLUMEUR DE REVERBÈRES.

Mais c'est moi qui l'ai attrapé.

3e CHASSEURS.

Si on m'avait laissé tirer !

AZIMUTH.

Mais laissez-moi donc tranquille ! Vous voyez bien qu'il me connaît.

LA COMMÈRE.

Oh ! comme il a grossi !

AZIMUTH.

L'air du pays natal parbleu !

ZODIACOS, *anxieux.*

La réponse !

AZIMUTH.

La voilà ! un pli chargé !

L'AGENT DE POLICE.

Chargé ! il va éclater ! Ne vous approchez pas ! Eloignez-vous ! Circulez !

Tout le monde s'éloigne.

LE REPORTER, *prenant des notes.*

On signale dans nos murs, un nouvel attentat anar-
chiste...

LA COMMÈRE.

Mais non, nigauds que vous êtes, vous voyez bien que
c'est une lettre !

LE REPORTER, *continuant à écrire.*

Ça ne fait rien, ça fera toujours de la copie.

L'AGENT DE POLICE.

N'importe, je vais faire mon rapport.

Il remonte, tous les autres descendent.

Pendant ce temps Zodiacos a ouvert la lettre.

LA COMMÈRE

Eh ! bien, que contient-elle ?

ZODIACOS, *violemment ému.*

Ah ! mon Dieu !

LA COMMÈRE.

Eh ! bien, quoi ?

ZODIACOS.

Nommé ! Je suis nommé ! Procion est démissionnaire et
je suis élu à sa place président de toutes les Académies
de Saturne !

AZIMUTH.

Immense ! Immense !

LA FOULE.

Ah ! ah ! ah !

LE REPORTER, *d'un air de doute.*

Sans l'avoir demandé ?

LE BATEAU.

Au premier tour de scrutin !

LE BAZAR.

Mazette ! C'est pas comme chez nous alors !

LA COMMÈRE.

Tous mes compliments mon cher !

AZIMUTH.

Maître, que je soie le premier habitant de Saturne à vous féliciter. Et ne m'oubliez pas quand nous serons de retour là-bas !

ZODIACOS, *lamentable.*

Là-bas ! Hélas ! Là-bas !

LA COMMÈRE.

Comment ! On dirait que ça ne te fait pas plaisir !

ZODIACOS, *même jeu.*

Faire naufrage en arrivant au port ! Mon rêve qui s'évanouit ! Mon roman qui s'écroule ! Il faut partir. (*Azimuth continue sur l'air de la Fille du Régiment :* Mes bons compagnons d'armes.....). Il faut partir et partir seul ! Car le Président de toutes les Académies doit oublier les projets que caressait tout à l'heure encore le Doyen de l'Observatoire ! Pardonnez-moi, Madame !

LA COMMÈRE.

Mais tu es tout pardonné, mon cher. D'ailleurs tu demandais l'impossible et l'impossible ne se réalise pas.

COUPLETS.

Air des *Conseils de la Grande Sœur.*

I

Mon cher, ici-bas, rarement
Au gré du héros le roman
S'achéve ;
N'y fixe pas plus ton désir
Qu'on ne ferait au souvenir
D'un rêve ;

Le réveil vient tout effacer
La réalité remplacer
Le songe ;
Bonheurs d'amours qu'il promettait
Triomphe, ambitions, c'était
Mensonge.

II

Mirage trompeur d'un moment
Vision qu'on croit et qui ment,
Folie !
Tends-leur la main sans t'attacher ;
Vrai, c'est trop peu pour y gâcher
Sa vie.
Les cœurs forts sont les seuls heureux ;
La lutte n'est jamais pour eux
Défaite ;
Les larmes ont toujours été
Le prix auquel notre gaîté
S'achète.

LA COMMÈRE.

Allons, bon courage ! Je serais enchantée de te garder
près de moi quelque temps encore, mais songe qu'on
t'attend.

ZODIACOS, *ému.*

Adieu, Madame !

AZIMUTH, *à la cantonade.*

Qu'on resselle immédiatement deux bicyclettes volantes !

UNE VOIX, *dans la coulisse.*

Bicyclettes pour deux ! Boum !

ZODIACOS *et* AZIMUTH.

DUO

Air de *La Caravane.* — *Le voyage de Suzette.*

Nous allons quitter votre planète,
Et monter tous deux à bicyclette.

Reprenant notre marche nocturne,
Nous allons repartir pour Saturne.
Il nous faut quitter ce doux rivage ;
    C'est grand dommage ;
Refaire une autre fois le voyage.
    N-i, ni,
    C'est fini !
Nous repartons pour Saturne !

LA COMMÈRE.

Air de La Vie Parisienne.

Avant d'enfourcher vos montures,
Regardez du moins par ici.
Les vrais joyaux de mes parures,
Mes perles rares, les voici.

La Commère désigne le public.

Puisse cet aimable parterre
Garder un joyeux souvenir
De votre séjour sur la terre,
C'est mon dernier vœu pour finir !
Merci de votre visite ;
    En route ! Bien vite !
    Et que promptement
    Chacun en fasse autant !

TOUS, *en chœur.*

En route ! Bien vite !
Et que promptement
Chacun en fasse autant !

Rideau.

VERDUN, IMP. CH. LAURENT.

AIR DE LA VILLE DE VERDUN

Musique de A. Durand.

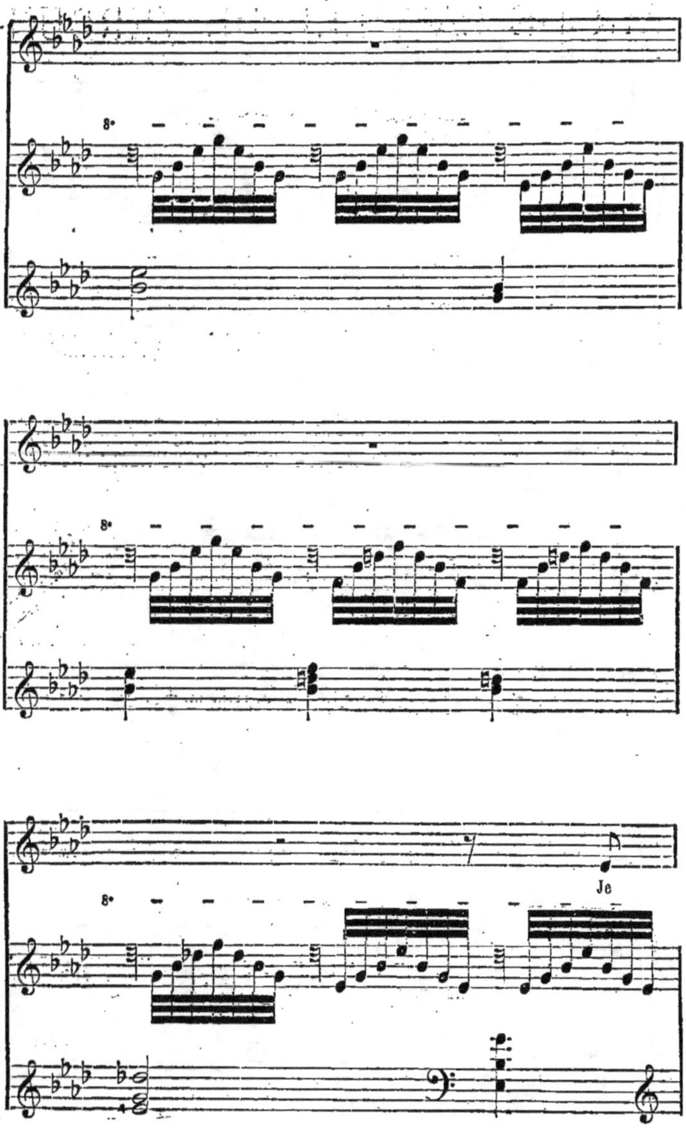
8a
8a
8a
Je

suis le gé - nie et la sou - ve -

rai - ne de

cet - te ci -

té   Je

vois, je sais tout   et

ri - eu - se roi - ne Au

ha - sard du jour gaie -

ment je pro - mè ne le

sceptre en - jô - leur de

nez de fran - chir cet - te por - - te, vous

trou - ve - rez chez nous . . . ac -

cueil hos - pi - ta - l'er . . . . . No

vous ef - fray - ez pas si le

vent vous ap - por - te l'é -

cho de ma bruyante es - cor - te Cla -

meurs de com - bat   cli - que - tis d'a -

cier.   Le

Mouv^t de Marche

peuple que j'a - brite est un peu - ple guer - rier   ré -

Mouv^t de Marche

vant des jours non loin de pro - chai - nes vic - toi - res.

ff *allargando poco*

Fils de hé - ros, il a de qui te -

nir et pour les feuillets d'or des fu - tu - res his -

toi - res   sur un pas - sé   d'an-cien-nes

gloires   il bâ-tit en son cœur un plus grand a - ve - nir.

Pro -

mière au pre-mier rang, pla - ce dont je suis fiè -

re, je n'ai de-vant moi qu'un but, mon de - voir.

A deux pas d'i - ci court no-tre fron - tiè - re

Rien qu'on te haus-sant tu pour - rais la voir. On m'a

dit : Voi - lez. C'est bien, je la gar - de.

Sabre au fourreau, mais la main sur la gar-de; Dragonne au poi-

gnet pour mieux l'affer - mir; Et

tant que sur mon front bril-le — ra ma co - car-de En

paix der-riè-re moi le pa -

ys peut dor - mir Et

tant que sur mon front bril - le - ra ma co - car - de En

paix der - riè - re

moi ... le pa -

ys ... peut dor -

COUPLETS DU PATINAGE

Musique de A. Durand.

Tempo di Mazurka

La Commère

U - ne dis-trac-ti - on char - man - te

Un a-gré-a-ble pas-se temps

Une im-pres-si-on é-ni-vran-te

Un plai-sir de tous les ins-tants

Comme un oiseau hors de sa ca - ge On

s'é-lan-ce sous le ciel clair Le vent vous fouette le vi - sa - ge On

se sent plus lé-ger que l'air Mais craignez la trompeuse a - mor -

ce   Un piège est ten - du sous vos   pas

Gar' le   bain et   gare à l'en - tor   -   se. Glis -

sez   mor - tels, g'is - sez   mor - tels, glis - séz,

f

p   *rallentando poco*   *p*

N'ap-puy-ez   pas !

2° et 3° COUPLETS

Bien   plus que l'homme graci - eu - se
Aus - si mal-gré votre as-su - ran - ce

La   femme a — ler-te co - que - tant
Mes - da-mes et vo-tre ta - lent

Dé - crit la cour-be si - nu - eu - se
Ne   re - fu - sez pas l'as-sis - tan - ce

Se   rit de   la chute et pour - tant
D'un   ca-va - lier leste et ga - lant

La   chute est du - re sur la   gla - ce
A   deux mieux que seul on pa - ti - ne

Dan - ge - reu-so sur le ga - zon C'est
On ja - se pour tromper l'en - nui Et

bien de tom-ber a - vec grâ - ce Mieux vaut en-cor res-ter d'ap-plomb Au≠
tout dou-ce-ment l'on po - ti - ne Sur le dos complaisant d'au - trui Et

si, Mes-sieurs, si dans la fê - te U -
si dans vo - tre cour - se fol - le Un

ne fem- me fait pa - ta - tras ! Re -
cou - ple qui par - le tout bas Trop

le - vez - la Tour - nez la tê -
près de vous Passe et vous frô -

te, Glis - sez mor - tels, glis - sez mor - tels, glis -
le,

sez, N'ap - puy - ez pas !